ファン文庫

神様の用心棒

うさぎは玄夜に跳ねる

著　霜月りつ

マイナビ出版

目次

登場人物紹介

兎月

宇佐伎神社の用心棒
うさぎを助けたことから
よみがえったが
死後十年経っていた

ツクヨミ

宇佐伎神社の
主神・月読之命
神使のうさぎと同化する
ことで実体をもてる

アーチー・
パーシバル

パーシバル商会の若き頭取
異国の巫の血をひいている

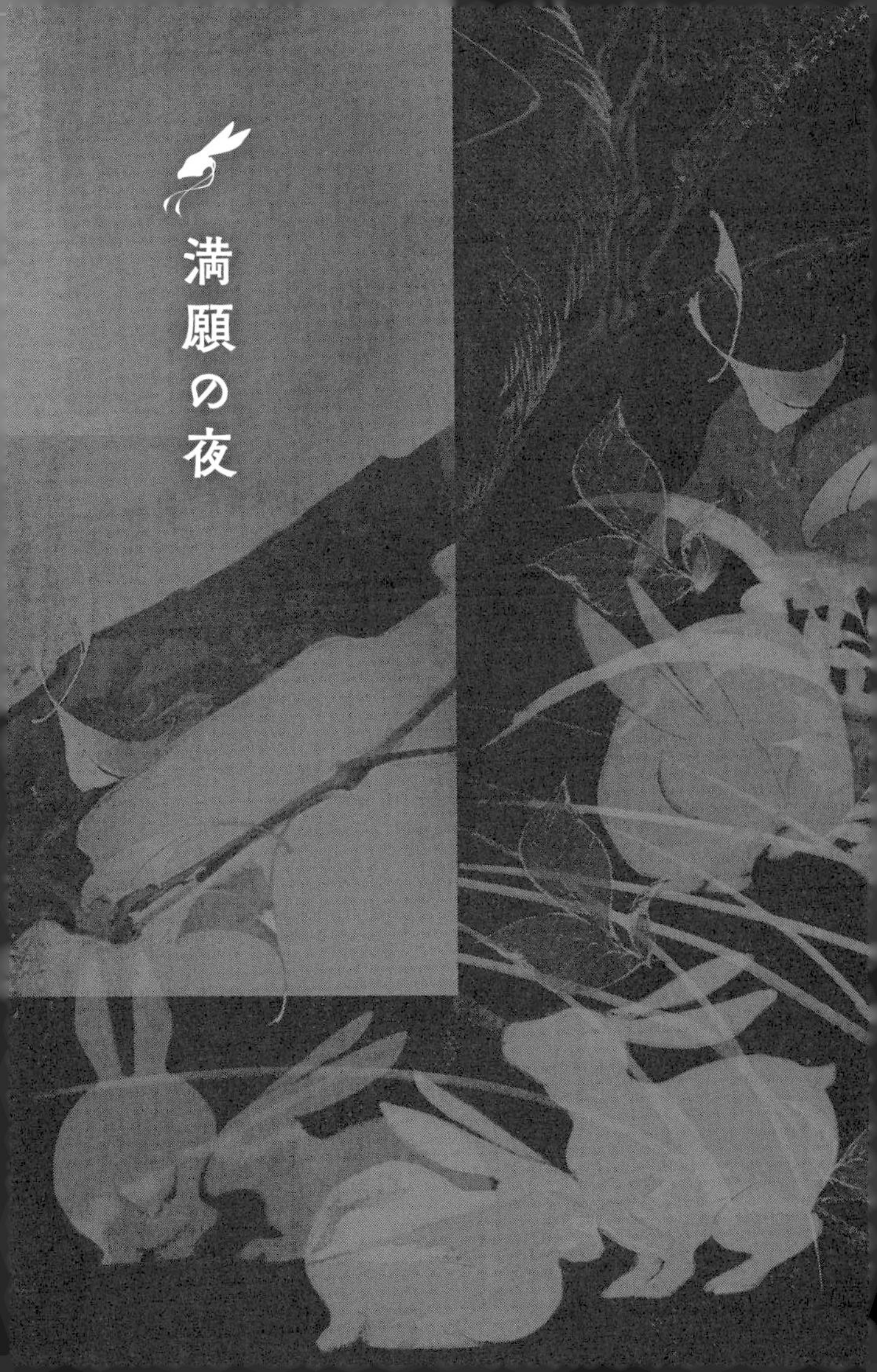
満願の夜

序

去年、ひどい大火があり、函館はほとんど平らになるほどに焼けてしまった。だが人々はそこから立ち上がり、一年も経たないうちに町並みを復興させた。

そんな新しい町を見下ろす函館山、その中腹にある小さな神社、宇佐伎神社に、早朝、参拝客があった。

しゃりしゃりと霜交じりの玉砂利を踏む軽い足音を聞きつけ、兎月は薪を割る手を止めて振り向いた。肩ごしに見えるのは赤い綿入れ半纏をまとった、まだ若い娘の姿だ。

娘は神社の賽銭箱の前に立つと、小銭を放りいれ、鈴緒を引いて鈴を鳴らした。乾いた柏手の音が朝の境内に響く。たっぷりとした艶やかな黒髪の髷が下がり、熱心に祈りを捧げている。

「おはよう、小雪ちゃん」

兎月は斧を置いて立ち上がった。雪の塊のように白く大きな息が顔を覆う。

「おはようございます、兎月さん」

小雪は名の通り白い頬の上に笑みを浮かべた。大きな濡れた瞳はちょっと垂れていて愛嬌（あいきょう）がある。唇は南天の実のようにぽっちりと赤く熟れていた。

「今日はいい天気でよかったな」

　空気は氷のように冷たいが、函館にはまだ雪が積もっていなかった。ちらちらと降っては溶ける、ということを繰り返している。

「そうですね……今年は雪が遅いのかも」

　天気の話が終われば他に話すことはない。兎月はいつものように尋ねた。

「……おっかさんの容態はどうだい？」

　小雪は首を振った。髷に刺した簪（かんざし）の珊瑚珠（さんごだま）がきらりと光る。

「お医者さまの話では年内もたないだろうって」

「そうかい……」

　小雪はこの神社が建っている函館山の麓、寿町（ことぶきちょう）に住んでいる。お梅（うめ）という母と二人暮らしで、呉服屋から仕立ての仕事をもらって生計を立てていた。だが、その母親が冬前頃からひどい風邪で寝ついている。

　娘は函館の町のあらゆる神社を回り、この小さな宇佐伎神社にもせっせと足を運んで母の快癒を願っている。

　治らないと宣言されても、それでも一縷（いちる）の希望にすがって、小雪は手をあわせるのだ。

兎月はそんな健気(けなげ)な娘を慰めようと、肩に手を伸ばした。だが、途中でやめて拳を握る。

「おい、そんなところで様子を窺ってないで、出てきたらどうだ？」

小雪の背後に声をかけると、鳥居の陰で身をすくめていた男がひょこりと顔を出した。

「やだ、由太郎(よしたろう)さん」

悲しげだった小雪の顔がぱあっと明るくなる。

「や、やあ、小雪ちゃん」

暖かそうな綿入れ半纏で着ぶくれた優男が、照れた顔で近づいてくる。

「なによ、来てたんだったら声をかけてくれればいいじゃない」

「だってよ、兎月さんとなんかいい雰囲気だったから出づらくて」

「いい雰囲気って、なによそれ、バカじゃないの」

小雪はぷん、とむくれた。キツめの言葉でも由太郎は嬉しそうだ。膨れた頰を突(つつ)き、笑みを引き出す。

由太郎は小雪に仕立ての仕事を回している呉服屋の若旦那だ。大店(おおだな)というわけではないが、柄のおもしろい太物(ふともの)（木綿製品）を中心に売り出し、流行(はや)っている。少し頼りなげに見えるが、そろばんの早さは函館一だ。気が優しくて、誰かれに愛想がいい。

しかし、こんなだらしない顔は小雪にしか見せない。

「いちゃいちゃすんなよ、ここの神さんは独りものだから罰が当たるぞ」

兎月が声をかけると二人して仲良く首をすくめる。

「うさぎは夫婦仲がいい動物だって聞きますよ。お目こぼし願えないかなあ」

「若旦那が賽銭をはずめば見逃してくれるんじゃねえかな」

「ひどいなあ」

そう言いながらも由太郎は財布から景気よく小銭を入れてくれる。

二人は親も認める恋人同士で、祝言の約束もしていた。ただ、小雪の母親が病に倒れたため、それは先の話になるだろう。

小雪が宇佐伎神社に詣でるようになってから、ひと気のない山の神社が二人の逢引(あいびき)の場になったらしい。朝のひととき、境内で他愛ない話をしてそれぞれ仕事に向かう。

二人は揃って鳥居を出ると、石段の一番上に腰かけて、眼下に広がる町――それは漏斗(じょうご)がふたつくっついたような特徴的な形だ――を見ながらなにか話をしている。兎月はその背中を微笑(ほほえ)ましく見つめた。

小雪は素直ないい娘だし、由太郎も気持ちのいい青年だ。二人には幸せになってもらいたい……。

神社を振り返ると賽銭箱の上に白い影がもこもこといくつも見える。うさぎだ。しかし、生きている野生のうさぎではない。兎月以外には見えない、この神社の神使(しんし)たちだ。

まんなかにひときわ大きなうさぎ——いや、白い水干に白い袴(はかま)、白く長い髪を垂らした六歳くらいの子供がいる。ふわふわとしたその髪は足元まで伸びていて、最初に会ったときは思わず毛虫と呼んでしまった。

彼こそがこの神社の主神、月読之命(つくよみのみこと)——ツクヨミだ。子供の姿なのは、分霊されたばかりの新しい神社だからだ、と本人は言っている。

あどけない顔立ちの中にきかん気な目と、きゅっと結ばれた薄い唇。兎月と同じように石段の二人を見つめる視線は温かい。

「ツクヨミ」

兎月は石段の二人に聞こえないよう小さく名を呼んで、その子供に近寄った。

「どうにかなんねえのか？　小雪ちゃんのおっかさん。おまえ、神様なんだろ」

「病の治療は我の範疇(はんちゅう)ではない」

ツクヨミはきっぱりと言った。

「そもそも神は人間の寿命に関わらない。人は生きるときには生き、死ぬときは死ぬ」

「冷てえな」

「神にできるのはちょっと注意を向けてやることくらいだ」

ツクヨミの口からは白い息は出てこない。そういうのを見ると人とは違うのだな、と改めて思う。

「だけどおまえ、俺のことは生き返らせたじゃねえか」

「おぬしは我の剣として選ばれたのだ。成り立ちが違う」

ツクヨミの言う通り、兎月は十年前函館で命を落とした。海藤一条之介（かいどういちじょうのすけ）という名で幕府軍に加わり、新政府――官軍との戦いで死んだ。

銃前海藤と異名を取った剣の達人だったが、戦場でうさぎを庇（かば）ったために腹に銃弾を受けたのだ。

そのとき気の迷いで来世はうさぎになりたいと願ってしまった。

うさぎを神使とするこの神社の主神ツクヨミが、その願いを聞き入れ、兎月をよみがえらせ神使にした。汚れた魂が浄化されたらうさぎに転生させるという約束で。

今はすでにうさぎになる気がまったくない兎月は、どうにかしてその契約を反故（ほご）にできないかと考えている。

「小雪ちゃんは祝言を待つばかりだ。おっかさんも娘の花嫁衣装を見たいだろうな」

「情に訴えかけても無理なものは無理だ」

「満月堂の饅頭でもか」

「……出来るものならしている」

菓子の類が好きなツクヨミは悔しそうな顔をした。饅頭のためなら運命を変えてもいらしい。

甘いものには目がない、めっぽう人間めいたところのあるこの神が、兎月の雇い主だ。

兎月はツクヨミの——宇佐伎神社の用心棒として、第二の生を受けたのだ。


その夜、山が動いた。

神社の社で眠っていた兎月は、神使のうさぎたちに揺り動かされて目を覚ました。

冬の間は社の中は氷室のように寒いので、本物のうさぎたちを呼び寄せ布団代わりにしている。兎月が飛び起きると本物のうさぎたちはわらわらと逃げ出し、神使のうさぎたちはいっせいに扉へ向かって歯を剥き出した。

「兎月、来るぞ。怪ノモノだ」

モノノケと似ているが、自然の気から生まれたそれらとは違い、怪ノモノは人の念が変質したものだ。

この辺りで死んだものの魂はいったん函館山へ昇る。たいていは、そこからさらに天へ上がるが、中には恨みや憎しみを持って悪鬼と化すものもいる。

十年前の戦、いくつもの大火、突然の死に未練を残した魂は多い。それらは人の心に取り憑き魔へ誘う。あるいは人の体に入り込み、操る。果たせなかった思いを成すかのように、自分の生を奪った運命に復讐するかのように。

兎月は社の扉を蹴り飛ばし、境内に躍り出た。見上げる山から夜よりも黒いものが筋となっていくつも降りてくる。

「今日はまた数が多いな」

「新月だからな」

賽銭箱の上に立つツクヨミが呟いた。

「月の力の弱い夜は、やつらも狙ってやってくる。大丈夫か？　兎月」

「へでもねえ」

両足を踏ん張った兎月は右手を闇の中に伸ばした。

「来い！　是光！」

名を呼ぶと、兎月の前に一振りの刀が現れた。露を帯びた鋼の刃、ぬらぬらと波のような刃文が浮かぶ。抜き身のそれはたちまち柄と鍔を身にまとわせ、一条の光のように夜の中に閃いた。

　これは兎月の刀だ。箱館戦争で共に戦い、兎月が死んだあと、保管していたものが神社の守り刀として奉納した。

　うさぎを庇い、うさぎになりたいと願った男とその刀。ふたつが揃ったのは、自分の剣として怪ノモノを斬る神使を欲していたツクヨミにとっては願ってもない縁だった。

「成仏しやがれ！」

　兎月は叫んで黒いもやのようなものを斬る。このもや状のものが怪ノモノだ。斬られた怪ノモノは霧散して消滅する。強制的に天へと送られる。

　怪ノモノたちは鳥居を目指す。そこから函館の町へと飛び出してゆこうというのだ。それを防ぐのが函館山の中腹にあるこの宇佐伎神社の役目であり、兎月の仕事だ。

「……っよっつ！」

　四体目を切り捨て、兎月は横を通りすぎた怪ノモノを追った。ツクヨミの神使のうさぎたちが、白い風となってその怪ノモノに絡みつく。鋭い歯を立て、後脚で蹴る。前脚の爪で引っ掻く。

　怪ノモノはのたうちながら玉砂利の上に落ちた。

「どいてろ！」

　兎月は叫んで怪ノモノに飛びかかった。うさぎたちがそれから離れるのと同時に、剣をまっすぐに立てて、地面に突き刺す。怪ノモノは軋みのような声を上げて消え去った。

「しまいだ！」

　兎月は最後の一体に向かって走った。それは他の怪ノモノに比べ動きが鈍く、ゆっくりと近づいてきた。斬るのはたやすい。

　兎月はそう思った。それが油断につながった。

　ふらふらと近づいたそれは、兎月が剣を横に払った瞬間、すばやく下をくぐり、目にも留まらぬ速さで鳥居を目指した。

「しまった！　抜かれた！」

　兎月の叫びにうさぎたちが飛びかかる。だが追いつけなかった。怪ノモノは鳥居を突破し、ものすごい速さで麓に向かう。

「くそっ！」

　うさぎたちが白線を引いてそのあとを追う。だが神社から離れる距離が長くなれば神使の力も弱まる。

　朝の太陽が函館山に差し込む頃、数羽のうさぎがしおしおと戻ってきた。追いきれなかったらしい。

「大丈夫だ、きっと兎月が町で見つけて退治してくれる」

ツクヨミはしょんぼりと耳を垂れているうさぎたちの頭を撫でた。慰められていたうさぎたちは、やがて赤い目を光らせ、ぶーぶーと兎月に向かって文句を言い出した。

『ヘタクソ』

『ヤクタタズ』

『ニガスナンテ　マヌケ』

社で休んでいた兎月は跳ね回るうさぎたちに拳を振り上げた。

「うるせえ！　おまえたちだって逃げられたじゃないか！」

『セキニンテンカ』

『コレダカラ　ニンゲンハ』

うさぎたちは後脚で立ち上がり鼻をひくひくさせる。何羽かは前脚をピンと伸ばして立ち、前歯を剝き出し耳を伏せた。戦闘態勢だ。

「やる気か？」

「これ、神使同士で争ってどうする」

ツクヨミが呆れた声で威嚇するうさぎを抱き寄せる。胸に抱き上げられたうさぎは、今度は甘えるように顔をツクヨミに擦りつけた。

「おまえ、こいつらを甘やかしすぎだ」

「そうか？」

ツクヨミは自分の周囲のうさぎたちを撫で回し、くすぐり、指を舐めさせている。

「おぬしも甘えてきたら甘やかしてやるぞ？」

「誰がするか！」

兎月はごろりと横になった。

「寒い！　本物のうさぎを呼べ！」

「神使いの荒いやつだ」

うさぎたちは同意するようにトントンと脚を鳴らした。

一

夜通し焚いていたかまどの火が消え、煙が締め切った部屋の中にこもってゆく。涙も枯れ果てた乾いた目に煙がしみてチクチクと痛い。

入り口の腰高障子の向こうがうっすらと明るくなっているので、朝になったのだろう。

朝になったのに……。

小雪は呆然と目の前の軀を見つめていた。

ついさっきまで息もあったのに、ときには目も開けたのに、声も出せたのに。

今はぴくりとも動かない。

「おっかさん……朝だよぉ……」

呼びかけても起きはしない。

汗は引き、熱で赤く染まっていた頬も、もう乾いた紙のように白い。その顔は穏やかで眠っているようだった。

すぐにでも目を開けて起きあがってくるようにも見える。

「朝だよ、おっかさん」

起きてほしい。もう一度自分を見てほしい。声をかけ、微笑んでほしい。そのためなら神仏に罰を受けたってなんでもするのに。

「なんで死んじゃったの、あたしの花嫁姿を見るまでは死なないって約束したじゃない」

握った手の冷たさが、もう母親が生きていないことを教える。布団よりも畳よりも母の手の方が冷たいのだ。まるで石のように。

「……大家さんに言わなくちゃ……お葬式の支度、しなきゃ……」

ようやく自分の体を動かそうとして、小雪は気づいた。なにか小さな音がする。

カリ……カリリ……カリ……。

音の出所を探して周囲を見回した小雪は、ひっと小さく声を上げた。

母親の細い指が、人差し指が、畳をかいているのだ。爪が畳の目をほじっている。

カリ……カリカリ……。

「おっかさん!?」

目の前で、母の上半身がゆっくりと起きあがってきた。


朝飯をとったあと、兎月は宇佐伎神社を下り、麓の汐見(しおみ)町へ来ていた。ほぼ日課となっている菓子を買うためだ。

懐にはうさぎが一羽入っている。これは神使のうさぎの中にツクヨミが入ったものだ。ツクヨミはうさぎの中に入らなければ神社の外へ出ることができない。また、神使のうさぎはふだん人の目には見えないし触ることもできないが、ツクヨミが入ることで普通のうさぎのような実体を持つ。

「おお、きなこのいい匂いがする」

ツクヨミうさぎは懐から顔を出し、鼻をひくひくさせた。

「今日はきなこ餅にしよう、兎月」

うさぎは話はしないから、普通と言い張るには無理がある。

「引っ込んでろ。毎度のことだが口をきくんじゃねえぞ」

兎月はうさぎの温かな小さい頭を懐に押し返す。人の姿をしているときのツクヨミには体温は感じられないのに、不思議なことだと思う。おかげで懐は暖かい。財布の中身はうすら寒いが。

「こんちは」

のれんをめくって菓子屋『満月堂』に入ると、花の咲くような笑顔がふたつ、出迎えてくれた。

「いらっしゃいまし」

女将(おかみ)のお葉(よう)と、

「いらっしゃいませ！」

そこで働く小さなおみつだ。

親子ではない。じんべい長屋で祖母と暮らすおみつを、お葉が雇っている。おみつはまだ八歳だが、気の利く賢い働きものだ。両親は去年の大火で亡くなっている。

お葉もまた夫を病気で亡くし、引き継いだ菓子屋を年老いた職人と二人で守っていた。おみつもお葉も宇佐伎神社へ参拝に来てくれた縁で知り合った。

「あら」

お葉は目を見張って兎月の着物を見た。

「やっと着てくださったんですね」

「もったいなくてな」

兎月が今日着てきた着物はお葉からもらったものだ。死んだ旦那の着物を仕立て直したという。

「よかった。丈もいいみたい。兎月さん、お背があるからちょっと心配してたんです」

「ぴったりだよ」

兎月は照れながら袖をひっぱって見せた。

「お似合いですわ」

「そ、そうかい」

パタパタと手のひらで顔を扇ぐ。なんだか暑くてしょうがなかった。

「ええっとうさぎ饅頭と――」

兎月が言いかけたとき、懐の中でうさぎが後脚で腹を蹴った。

「わかってるよ、……きなこ餅をくれ」

「はい。まいどありがとうございます。うさぎさんもこんにちは！」

おみつが兎月の懐のうさぎに挨拶する。うさぎは頭を上下させ、本物らしく鼻を蠢かしてみせた。

「そうそう、兎月さんがいらしたら味見をしてもらおうと思っていたお菓子があるんですよ」

お葉は白い手を叩き、おみつにうなずいてみせた。おみつはすぐに丸盆に小さな菓子を載せて持ってきた。

それはコロリとした丸い菓子で、持ち上げると重さがないように軽い。

「砂糖かい？」

「さあ、なんでしょう」

兎月はぽいとそれを口に入れた。とたんにそれは口の中でほろろと崩れ、あっというまに無くなってしまう。

「うわ、なんだこりゃ。うまいし歯ざわりも面白い」

「あら、嬉しいわ」

そんな兎月の様子を見ていたうさぎが懐の中で暴れ出した。

「うさぎさんも食べる？」

おみつが半分に割ったお菓子をうさぎの口元に持ってゆく。うさぎはそれをすぐに飲み込み、あわてた様子で前脚で口を押さえた。おそらく声を出しそうになったのを耐えたのだろう。

「甘いけど、さっと消えるから口の中がべたべたしなくていいな。こりゃ売れるぜ」

「兎月さんにそう言っていただくと自信が持てます。これ、卵白なんですよ」

「らんぱく？」

「卵の外側の透明な部分。パーシバルさまに卵をたくさんいただいたので、それを泡立てて作ってみたんです」

「へえ。俺は卵のあのどろっとしたのが嫌いだが、それがこんな乾いたものになるのか」

「卵は料理の仕方で固くなったりふわふわになったり、ほんとにおもしろい食材ですわ。パーシバルさまのお国でもたくさんの卵料理があるんですって」

「ふうん」

パーシバル商会は函館ではかなり大きなメリケン資本の貿易商だ。その頭取、アーチー・パーシバルはお葉の作る菓子を気に入っていて、定期的に注文する。

「今日、この菓子をパーシバルさまのところにお届けするの。でもお使いがもうひとつあるから、兎月さんがパーシバルさまのところに持っていってくれるといいなあ」

おみつがきれいに紙に包んだ卵白の菓子を見せた。

「なんで俺が」

「だって兎月さん、パーシバルさまとお友達でしょ？」

「ともだち」

兎月は口をへの字に曲げた。

確かにパーシバルとは気易く話すしいろいろと助けてもらっている。だが、少し前、雨夜に辻斬りを追っていたとき、パーシバルと剣で戦って負けてしまった。

そのときからなんとなく避けている。

いや、実際はパーシバル本人ではない。彼の体を借りた、とうに死んでしまった男が相手だったのだ。それにそのことをパーシバル自身も覚えていない。だから気にする必要もないのだが、なんとなく、会いづらい。

「パーシバルさま、最近兎月さんが会ってくれないと零（こぼ）してらっしゃいましたよ。神社へ行っても留守ばかりって」

お葉がくすくす笑って言った。

「あいつ、こんなところでグチを言ってるのか」

ツクヨミうさぎが懐の中で、けっこう強めに腹を蹴る。居留守を使っていることを責めているのだ。

「わかったよ。その菓子を持っていってやるよ」

兎月は自分を見上げているお葉とおみつに言った。二人は顔を見合わせ嬉しそうに笑う。

「パーシバルさまと仲良くして差し上げてくださいな。やっぱりお国を離れて遠い異国でお仕事されているのはお寂しいんですよ」

「そんな殊勝なタマかい、あいつが」

お葉が卵白の菓子を風呂敷に包んでいると、新しい客がやってきた。その顔を見て、兎月は「お、」と声をかけた。

「やあ、小雪ちゃん」

「あら、兎月さん」

小雪の顔は明るかった。

「兎月さんもお菓子を？」

「ああ、ここのうさぎ饅頭は好物なんだ」

兎月の言葉に小雪もにこりと微笑んだ。

「ええ、おいしいですよね。おっかさんもここの饅頭が大好きで」

兎月は目を見張った。

「おっかさん……お梅さんか？　元気になったのかい」

「はい！　おかげさまで」

小雪は大きな声を出した。兎月が初めて聞く張りのある声だった。

「宇佐伎さんにお参りしたおかげですよ。あとでちゃんとお礼参りに行きますからね」

「いや、お礼なんていいが、……そうかい、よかったな」

年内もたないと言われていた母親がにわかに回復したと聞き、信じられない思いだったがめでたいことには違いない。

小雪は満月堂の看板菓子、うさぎ饅頭をひとつだけ買って帰っていった。

「そうかあ、お梅さん回復したのか、よかったなあ」

その後ろ姿を見送りながら兎月は腹の中のツクヨミうさぎをくすぐった。

「神様なんかに頼らなくても治るものなんだな」

ツクヨミへのあてつけだったが、うさぎからの反応はない。ぷーとも鳴かずにおとなしくしていた。

神社でよみがえったときはぺらぺらの薄汚れた単衣（ひとえ）しか持っていなかった兎月だが、今日はお葉のおかげで大店に入っても遜色のない格好をしている。

しかし、やはり金持ち相手の貿易商の玄関先にいるのは落ち着かなかった。

「ああ、兎月サン！」

金糸の長い髪を後ろでくくり、青灰色の紬(つむぎ)を着たアーチー・パーシバルが満面に笑みを浮かべて店先に出てきた。パーシバル商会の若き頭取だ。

「ずいぶんお久しぶりデス」

「なんだよ、十日ばかり会わなかっただけだろ」

「十日もデスよ！　ワタシはあなたに会いにたいへんたくさん神社へ行っていたのに！」

パーシバルは流暢(りゅうちょう)な日本語で文句を言った。

「商会の頭取がふらふら遊び歩いてんじゃねえよ」

憎まれ口を叩く兎月の懐からツクヨミうさぎが顔を出し、前脚を上げる。

「ツクヨミサマもいらっしゃるんデスね。どうぞどうぞ、奥へあがってくだサイ」

「うむ、かたじけない」

兎月の腹から甲高い声がして、そばにいた丁稚(でっち)がぎょっとした様子で振り向く。兎月は片手でうさぎの頭を押し込み、ごほんごほんと空咳(からせき)をした。

パーシバルの私室に通され、温かな紅茶をいただく。銀の盆にはたくさんのスコーンやビスキュイが積み上げられていた。

パーシバルの私室は商会の奥に作られている。もとは日本建築の屋敷を障子や襖(ふすま)の代わりに壁をたて、扉をつけ、木の床の上に絨毯(じゅうたん)を敷き、居心地のよい洋間に作り替えられていた。

兎月の懐から出たツクヨミうさぎは、レースのかかったテーブルに座り込み、前脚で丸いビスキュイをかかえ、サリサリとかじっている。

「うまい、うまいぞ。この木の実が入ったビスキュイはこの上なくうまい！」

たんたんと後脚でテーブルを叩きながらツクヨミが叫ぶ。

「お気に召していただいたようで嬉しいデス」

パーシバルは兎月以外で唯一ツクヨミや神使のうさぎたちが見える人間だった。本人はアメリカ人だが、祖先を辿れば古いケルトの民で、神と通じることができたドルイドの血を引くという。その力で兎月やツクヨミを助け、そして兎月を剣で打ち負かした。

「負けたんじゃない、勝てなかっただけだ」

ツクヨミが「兎月はおぬしに負けたから顔を合わせづらかったのだ」と言ったので、兎月はむくれて言った。

「だいたいあれはおまえじゃなかったんだし」

「その通りだ。パーシバルの体を借りたもの、あれはおぬしの師でもあったのだろう？

だから気にすることはないと何度も言っているのに」

兎月は答えず下唇をつき出して不満を表明した。

「そもそもおまえは剣が使えるのか？」

兎月の言葉にパーシバルは両手を広げて肩をすくめてみせた。

「洋剣なら使えますが、子供の頃に嗜(たしな)んだ程度デスね、それも十年以上も前デス」

「そんなやつに……」

「それだけあなたの師がすぐれた剣の遣い手だったということデスね。――土方歳三(ひじかたとしぞう)が」

その名にぴくりと兎月の指が反応する。

「土方さん……」

兎月は、ビスキュイとスコーンの山を一心不乱に削り取っているツクヨミうさぎの耳を摑(つか)んだ。

「なあ、もう一度会えないのか、あの人に」

「無理を言うな。死者の魂を何度も揺り動かすことはできん」

「ワタシもお会いしたいデス。あのときのことは覚えてませんから」

パーシバルもテーブルに身を乗り出しツクヨミに迫る。ツクヨミは右の頬でビスキュイを噛み砕き、左の頬にスコーンを詰め込んだ。

「おぬしが乗り移られているのにどうやって会うと言うのだもぐもぐもぐ。そもそもおぬしたちは神の力を簡単に考えすぎているんぐんぐんぐ」

「……菓子で口の中いっぱいにしてるやつに言われてもな」

兎月の言葉にツクヨミうさぎは小さな前脚で口を押さえた。超高速で咀嚼してごくりと飲み込む。

「それよりアーチー・パーシバル。仮社の件はどうなった」

「ハイハイ。だいぶできてきましたヨ」

パーシバルは立ち上がると兎月とツクヨミを案内した。

部屋を出て長い廊下を渡り、店とは反対側の庭のある縁側に出る。そこから庭に降りて木戸を開けると、トンテンカンと景気のよい音が響いていた。

「ご苦労さまデス、調子はどうデスか？」

パーシバルが声をかけると、棟梁らしい男が笑みを浮かべて頭を下げる。

「順調でございますよ、明日には仕上がりますぜ」

商会の隣の空き地で大工たちが作っているのは小さな祠だ。元々倉庫を建てるために確保していた土地だったのだが、手つかずで放っていた。雑草だらけだったのが整地され、規模は小さいが御手水（おちょうず）も鳥居も建てられるほどの広さはある。

「おお。すげえじゃねえか」

「あとはツクヨミサマに来ていただければ、宇佐伎神社の冬の仮社が完成デス」

パーシバルは自慢げに長い腕で小さな社を指し示した。

冬の間、兎月がパーシバル邸にやっかいになるという話になったとき、ツクヨミも誘ったのだが、「神が神社を離れるわけにはいかない」と渋った。そこで仮社を作ろうとパーシバルが言ってくれたのだ。

雪が降れば函館山にある神社へ参拝するのは難しくなる。氏子のためだと説得したら案外乗り気になった。

「函館山の本社より立派なんじゃねえか」

兎月は白木の香りがする小さな祠を手で撫でた。大人が三人くらいで抱えられそうな小ささだが、造りはしっかりしている。

「お、うさぎまで彫ってあるぜ」

祠の扉には波にうさぎが跳ねる様子が彫ってあり、兎月の懐から顔を出したツクヨミが嬉しそうに頭を上下に振った。

「はい、小さくともツクヨミサマのオヤシロですから、うさぎはかかせまセン」

パーシバルもその出来に満足そうにうなずいた。

「山から降りてくる怪ノモノを仕留めるのは難しくなるかもしれませんが、冬に山の中のジンジャで暮らすと兎月サンが死んでしまいマスからね」

「ああ、その件なんだが」

兎月は小さな社の扉を両手で閉じて言った。

「昨日、その怪ノモノを一体逃がしてしまったんだ。もし町の中で騒ぎが起こったらすぐに俺に知らせてくれ」

「それはタイヘン」

パーシバルは青い目を丸くした。

「ダイゴロウ組には知らせましたか？」

「これから行く」


商会から帰るとき、パーシバルは兎月にたくさんの洋菓子を持たせた。もちろんこれはツクヨミが食べる分だ。菓子と一緒に懐に入ったツクヨミうさぎは、甘い匂いに包まれて幸せそうな顔をしている。

「あ。こりゃあ、うさぎの先生、ようこそいらっしゃいませ。すぐに親分を呼んでまいりやす」

汐見町にある大五郎(だいごろう)一家に顔を出すと、辰治(たつじ)という若いものが顔を見るなり奥にすっとんでいった。

大五郎は二十人ほどの身内衆を抱えている。その中で辰治は若く、まだ使いぱしりのようなことしかさせてもらえない。おそらくドスを手にしたこともないだろう。しかし、足が速いので、大五郎は兎月に連絡するときには彼を使っている。

そんなわけで兎月としても組の誰よりも辰治と親しかった。以前は兎月の旦那とか先生とか呼んでいたのだが、暖房代わりのうさぎに餌をやっているところを見られて以来、うさぎの先生に変わってしまったが、――許している。

「おお、こりゃあ、先生」

小柄な親分がさらに頭を低くして出てきた。大五郎は三十半ば、松前(まつまえ)の出で、函館には八年前に居ついた。大火の禍(わざわい)を被った函館で、材木や人足を取り扱って頭角を現し、一家を構えたという。

最初の頃、舐められまいと悪ぶって町の人々に迷惑をかけ嫌われていたが、最近は心を入れ替え、真に町に尽くそうと努力をしている。

家のない人をただで長屋に住まわせたり、格安の手数料で仕事を斡旋したり、冠婚葬祭の裏方作業も手伝っている。

心を入れ替えた理由には兎月の怪ノモノ退治がある。宇佐伎神社を焼き討ちにしようと函館山を登ってきて、逆に兎月に打ちのめされ、そのとき失神した手下たちが怪ノモノに取り憑かれた。それを兎月が祓ったのだ。

町を守って人知れず戦う神の如き人間がいる。

それを目の当たりにし、大五郎の中でなにかが晴れた。ちっぽけな矜持と見栄で、人を見下し傍若無人に振る舞っている場合じゃないと心を改めたのだ。

そうやって地道に町に貢献しているうちに、たった二ヶ月で様子が変わった。

今まで厭わしそうに避けていた町の人々が、挨拶してくれるようになった。頼ってくれたり感謝してくれたりするようになった。

汚いことで儲けた金より、笑顔と一緒に渡された小銭の方が輝いていることに気づけたのだ。

それもこれも。

「先生のおかげ」と、大五郎は兎月の一番の信奉者を自任して憚らない。

「ちょっと話があるんだよ」

兎月が言うと大五郎はすぐに奥に通してくれた。

「どうなさいました」

分厚い湯飲み茶碗で熱い茶を出してくれる。

「実は昨日、山に怪ノモノが出た」

「うえっ」

大五郎はべろんと舌を出してえずきそうな顔をした。怪ノモノに取り憑かれた手下たちを見ている彼としては、あの夜の出来事は未だに悪夢の種だ。

「だいたい消したんだが、一体だけ逃してしまった」

「え？　じゃあこの町に？」

「そうだ。どこかに潜むか、もしかしたらもう誰かに取り憑いているかもしれない」

話す兎月の懐からうさぎが顔を出し、湯飲みに両手をかけ、器用に傾ける。大五郎はこのうさぎがツクヨミだとは知らないので、ずいぶん器用な畜生もいるもんだと思っているようだ。

「うちの神様が言うには怪ノモノはそれぞれ性質が違う。こないだみたいに辻斬りになっちまうようなやつもいるし、どういう形で出てくるのかわからない。だから大五郎、町でなにか、常とは違う妙な事件が起きたらすぐに俺に知らせてほしい」

「わ、わかりやした」

大五郎は顔を引き締めた。

「おまえ警察にも手下がいるだろ、そっちからもなんか聞いたら頼む」

警察というのは函館を守る奉行のようなものだ。そこで働くものを以前は護兵と呼んでいたが、邏卒(らそつ)という名称を経て今は巡査という名で全国統一されている。

「任せてくだせえ、あっしらは先生についていくと決めましたんで」

組の前まで見送ってくれた大五郎は、パーシバル邸に作っている仮社のことを尋ねてきた。

「ああ、もうじき完成だぜ。あとは鳥居を作ればいいんじゃねえかな」

「その鳥居なんですが、ぜひうちの組で用意させてくださいよ」

「いらねえよ。大五郎組なんてやくざの代紋の入った鳥居が建てられるか」

「そこは有志一同にさせていただきますよ」

悪態をつく兎月にも怒らず、大五郎は愛想よく答えた。

「まああんまり馬鹿でかいもんじゃなけりゃ、構わねえよ」

「ありがとうございやす」

大五郎は丁寧に頭を下げる。その様子はとてもやくざの親分には見えなかった。

小雪は長屋の自宅の腰高障子に手を伸ばそうとし、それを止めた。中からはことりとも音がしない。誰もいないのかと思えるほどだ。しばらく障子を睨んでいると「小雪ちゃん」と声をかけられた。

小雪は「ひゃあっ」と変な声を上げ、飛び上がった。

「ど、どうしたんだい」

声をかけてきたのは同じ長屋に住むおよねだ。小雪の反応に驚いている。

「あ、いえ、なんでもないんです、ちょっとぼんやりしちゃって」

小雪はさっと振り返り、背中で入り口をふさぐようにした。

「おっかさんの具合はどうだい」

「ああ、あの、あまり変わらなくて」

「そうかい？　看病も気がめいるだろうけどしっかりね。なにかあったらすぐあたしたちに言うんだよ」

「ありがとうございます、でも大丈夫です」

小雪は笑みを顔に張りつけて言った。およねはそんな小雪の表情にどこか不安げな目を向けたが、自分の家の方で子供が泣き出したので戻っていった。向かいの入り口が閉まるのを見て、小雪ははあっと息を吐く。

思い切ったように障子を開け、「ただいま」と中に入った。締め切ってある部屋は薄暗く、いやな臭いがする。

「おっかさん、満月堂のうさぎ饅頭を買ってきたよ」

小雪はことさら明るい声を上げ、母親の寝ている布団に膝を進めた。母親は布団にかぶせた掻巻(かいまき)(綿入れ半纏の一種)の中にすっぽりと潜り込んでいる。

枕元には水の入った湯飲みと、少量の粥(かゆ)が置いてあったが、そのどちらにも手がつけられた様子はなかった。

「おっかさん、うさぎ饅頭好きだったろ。さ、お食べよ」

小雪はこんもり盛り上がった掻巻に饅頭を差し出した。だが、潜り込んだ母親の頭は動かない。

「……これもだめなの?」

小雪は母親のふくらみに手をかけ、軽く揺すった。布団の中から「ぐるる……」と痰(たん)が絡んだような音が聞こえてくる。だが顔は見せてくれない。

小雪は買ってきたうさぎ饅頭を自分の口に入れた。

「水も飲まない、飯も食わない、饅頭もだめ……おっかさん、なんなら食べてくれるの？」
やるせない思いが手の中の饅頭を潰す。あんこがぼたりと膝に落ちた。小雪は餡（あん）で汚れた手で顔を覆った。

新築島（しんつきしま）にある豊川稲荷（とよかわいなり）は文久年間に建てられた由緒ある神社だ。境内にはずらりと奉納石灯籠（いしどうろう）が並び、華やかな赤い鳥居も多く立っている。何度か火事に遭いながらもすぐに再建されるあたり、土地の信仰が厚い。

この地域は四年前の大火まで遊郭があったが、今、そのよすがは豊川稲荷の石灯籠に彫られた芸子一同という名前だけだ。

赤い鳥居をくぐって賽銭箱の前で鈴を鳴らすと、後ろに気配があった。

「まいどどうも」

長い黒髪を背に流し、赤い着物を着た美女が懐手で立っている。

「その挨拶は神様としてどうなんだい」

「うちは商売を扱っているんだからぴったりだろ」

鳥居と同じ色の唇を横に引き、妖艶な流し目をくれるこの女は豊川稲荷の神だ。ツクヨミを気に入っているらしく、ちょくちょく宇佐伎神社にも遊びに来る。

「やあ、豊川の」

　ツクヨミも兎月の懐から顔を出して挨拶した。

「わざわざうちに来るなんてなにかあったのかい？」

「ああ、実は……」と、兎月は怪ノモノを一体取り逃したことを伝えた。

「妙な事件が起こったら伝えてほしいんだ」

　豊川は町のあちこちに祀ってある小さな稲荷とつながることができる。監視の目としては最適だ。

「あんた、雪の間は麓で暮らすんだろ？　護り手がいなくなったら怪ノモノは町に来放題だ。どうするんだい」

　豊川は懐手のまま兎月の周りをぐるりと歩いた。艶やかな黒髪の流れを目で追い、兎月は肩をすくめる。

「仕方ねえから一体一体叩いていくさ。まあ、今年は雪が遅いようだからぎりぎりまで山にこもるがな」

「兎月が凍え死にでもしたら元も子もないだろう。我のうさぎたちも追跡をがんばると言ってくれているし、三月ばかりの間のことだ。おぬしにも迷惑をかけることはわかっているが、この通りだ、協力してくれ」

ツクヨミうさぎは兎月の懐から飛び降りると、後脚で立ち上がって頭（こうべ）を垂れた。

「まあ、函館の町を守るのは、ここにいるあたしたちの仕事だからね、協力しないとは言ってないよ。他の神社にも根回しはしてんのかい？」

「もちろんだ。だが、頼れるのはおぬしが一番だからな」

うさぎの言葉に豊川は「あらあら」とたもとを片手で握って振った。まんざらでもなさそうだ。

「かわいいこと言ってくれるじゃないの。いいわよ、この豊川の姐（ねえ）さんに任せなさいな」

「そうか、頼むぞ」

兎月はうさぎを地面から抱き上げた。豊川がその頭を片手でくるくると撫でている。ツクヨミが計算でやっていないなら、天性の女たらしだ。今はまだ小さくて力も弱いが、成長したらどうなることやら。


夜、兎月は必ず素振りをする。

上半身を脱いで木刀を振るが、百回も数える頃には汗が滝のように流れ、全身から湯気が昇る。いつも神使のうさぎたちがそばにいて、数を数えてくれるが、みんな途中で飽きていなくなる。

ツクヨミだけが賽銭箱の上に座って素振りを繰り返す兎月を見守っている。

五百回の素振りが終わればうさぎたちと実戦の訓練をする。神使であるうさぎたちは、兎月の木刀が当たってもすり抜けるので怪我の心配はない。

うさぎたちは跳ねて飛びかかり、兎月がそれをかわしたり突いたり払ったりする。それを毎晩倒れるまで続けるのが日課だ。

今日も兎月は仰向けに境内の砂利の上に倒れ、北海道の星空を見つめていた。

北の星は震えるように輝く。瞬きは冬の方が多いと感じるが気のせいだろうか？　星がひとつひとつくっきりと大きく見え、天の川は白くぼんやり広がっている。

口から昇る白い息に、星がにじむのを見るのが、兎月は好きだった。

起き上がり、鳥居の下から麓の暗い町を見下ろす。なにも見えないがこの墨を流したような黒い瓢型(ひさごがた)の中に何千、何万という人々がいる。

その彼らが安心して眠ることができるように、と兎月は祈る。

明日の光の中に再び笑顔が輝きますように……。

どこかで犬の遠吠えが聞こえた。

悲しげなそれにまた一匹応える。

高く低く響く、澄んだ旋律を聞きながら、兎月も休むべく、社へ戻った。

真夜中だというのに犬の声はまだ続いていた。

ワンワンとなにかに向かって警戒して吠えているようだ。そのあと、急にキャンキャンという悲鳴に変わり、ひときわ大きく甲高い叫びとなった。

「なんだよ、うるせえなあ」

通りに面した店でざるなどを扱っている男は裏口の戸を開けた。犬が喧嘩をしていると思ったのだ。

水でもひっかけてやろうか、喧嘩のあげく店の前で死なれちゃ困る。

「？　……なんでえ、なにもいないじゃねえか」

ざる屋は辺りを見回したが犬の姿は見えない。喧嘩しながらどこかへ行ってしまったのだろうか？

一歩踏み出した足がべちゃりと音を立てた。はて？　雨は降っていなかったのに、この水たまりはなんだ？　妙に重く、それに生臭い……。

と、目の前になにか重いものがどさりと落ちてきた。それは水たまりに落ちて、跳ね返しを男の頬にくれた。

生温かった。

月の光で地面に落ちたものの姿が見え、男は声を上げて尻餅をついた。ばしゃりと濡れた手は黒く見えた。

「い、犬の、」

地面に転がっていたのは犬の首だ。地面に広がっていたのは犬の血だ。

そして首は上から降ってきた。なぜ？

男はおそるおそる首を上に向けた。自分の店の屋根が見えた。その屋根の上に、なにかがいた。

月の光がそれを照らす。両手足を屋根につけたそれは口に犬の胴体を咥えている。薄く白い着物を身につけ、ざんばら髪が長く全身を覆っていた。

女に見えた。

四つん這いになり犬の胴体を口に咥えた女。

それは恐ろしい姿で、ざる屋は店に飛び込むと勢いよく戸を閉め、心張り棒を支った。

それからようやく気を失った。

二

宇佐伎神社の一日は、朝の水汲みから始まる。

裏の山に流れている川から桶で水を汲み、境内に作った厨(くりや)の瓶(かめ)に溜めるのだ。

水を使うのは兎月だけなので、たいした量ではないが、それでも三回ほど往復する。

三度目に桶を持って神社に戻ってきたとき、社の前に由太郎が立っていた。どこか所在なげな顔をしている。

「よう、今日はひとりか」

「ああ、兎月さん」

由太郎は首の回りに暖かそうな布をぐるぐると巻きつけ、顔を埋(うず)めている。今日は晴れているが寒さがきつく、睫毛(まつげ)が凍りそうだった。

「あの、最近小雪ちゃん来てますか？」

「小雪ちゃん？」

兎月はざばりと水を瓶に注いだ。桶を置いてひいふうと指を折って数えてみる。

「そういやここ二、三日見てないな」

「そうですか」

由太郎はがっくりと肩を落とす。

「どうしたんだよ、おっかさんの病が治って祝言の目途もついたんだろ。なにしょぼくれている」

肩に桶を担いで、兎月は着ぶくれている由太郎を見た。

「いや、それが」

由太郎ははあっと白い固まりを吐いた。

「ここ数日小雪ちゃんの様子がおかしくて。おっかさんは治ったと言うのに見舞いもさせてくんないんですよ。家に行っても中にあげてくれなくて」

「治ったと言ってもまだ安静にしなきゃなんねえからだろ？」

「そりゃわかりますよ。でも最近は仕立ての仕事も取りに来ない。今まではおっかさんが病気でもしょっちゅううちに来てくれてたのに」

由太郎は襟巻を鼻の上までかぶせた。

「小雪ちゃん……もしかして俺のことが嫌いになったのかな」

「おいおい、たった三日やそこら冷たくされただけでそんな風に思っちゃ、小雪ちゃんがかわいそうだぜ」

兎月は呆れて言った。

「でも、心配なんですよ」

「だったらじっくり話してみればいいだろ」

「いや、でも、迷惑がられちゃあ……」

由太郎は襟巻の端を持ってくねくねと体を揺らした。

「なあ、若旦那。あんたが優しいことは知ってるが、ときには相手にいやがられても踏み込むことが必要なんじゃないのか？」

「そうですかね」

由太郎は両手で頬を押さえていたが、やがて思い切ったように顔を上げた。口元の布をぐいと首まで下げる。

「わかりました。俺、今から小雪ちゃんに会ってきます」

「おう、がんばれよ」

由太郎は小躍りするような足取りで石段を駆け下りていった。その後ろ姿に兎月はやれやれと首を振る。

実際のところ、由太郎は背中を押してもらいたかっただけだろう。あとで小雪に怒られても「兎月さんがそう言った」と自分の名前を出すかもしれないが。

おかしいな、戦うことしか知らなかった剣術バカが、他人の色恋の後押しなんて。

兎月は瓶からひしゃくで水を汲んで飲んだ。
冷たい水がのどを通って腹にしみる。その感触が気持ちよかった。

由太郎は函館山を下りたその足で小雪の住む長屋へ走った。寿町はそう遠くはない。四年前大火に見舞われたあと建てられた家屋敷が多く、道も整備され、全体にこぎれいな町だった。

小雪とお梅の住む多助長屋の木戸の前で、由太郎は息を整えた。木戸というのは長屋の入り口にある格子状の扉で、通常は日の出の明六つ（六時頃）から夜四つ（二十二時頃）までは開け放しているが、それ以外は閉じて人が入れないようになっている。

走りに走って体中が熱い。もう首もとの布も必要なく、由太郎はそれをはぎとり懐に入れた。

「――小雪ちゃん」

ほとほとと入り口の障子の格子を叩く。

「小雪ちゃん、俺だよ、由太郎だよ」

しばらくすると腰高障子が細く開けられた。小雪が顔を半分だけ覗かせる。

「由太郎さん……」

その顔を見て由太郎は驚いた。ひどく色が悪く、やつれているように見えたからだ。

「小雪ちゃん、おはよう。ええっと……おっかさんの具合はどうだい？」

「……ありがとう、まだあまりよくはないけど大丈夫よ。どうしたの？」

「どうしたのって……」

由太郎は小雪の後ろ、部屋の中を覗き込もうとした。だが小雪はそれを拒むかのように、細く開けた戸から体を出して、後ろ手に障子を閉めてしまう。

その一瞬で、由太郎は中で布団をかけて寝ているお梅を見た。同時にむわっとひどい悪臭が溢れ出してきた。なんの臭いだろう……？

「おっかさんの風邪が由太郎さんに移ると困るから……」

小雪は言い訳のように言って、下駄の先で自分の足の甲を掻いた。目を合わせないその顔は、外で見てもやはり青ざめている。髪も手入れをしていないのか、鬢（びん）からほつれて肩に落ちていた。由太郎は手をのばし、その一筋をそっと鬢に戻してやった。

「あのさ、小雪ちゃん。おっかさんの看病で大変なのはわかるけど、このままじゃ小雪ちゃんが倒れてしまいそうだぜ？　ちゃんと食っているのかい？」

「……食べてるわ」

「寝てるのかい？」

「……寝てるわよ」

小雪は言葉のきれっぱしを放る。まるですぐにでも会話を終わらせたいと言うように。

由太郎の肚(はら)の中で、走ってきた熱が焦れたイラつきに変わった。

「なあ、これからのことを話したいんだ。おっかさんの具合がよくなったのなら、来年は祝言だろ?」

「具合がよくなったからって、すぐに祝言を挙げられるとは限らないわ」

「なんだよ、それ。ほんとは治ってないんじゃないのかい」

由太郎は語気を強めた。小雪は目線を合わせず、小声で答える。

「治ってるわよ……おっかさん、起きられるようになったんだもの」

「だったら見舞いをさせてくれてもいいだろ」

「だめよ!」

小雪は大声を出した。由太郎を睨みつけるその目は、今まで見たことがないほど恐ろしいものだった
「なんだよ……」

由太郎はたじたじと後ろにさがった。

「お、俺は心配してるんだよ。小雪ちゃんのおっかさんが治らなかったら、俺たちの祝

言が遅れるだろ……」

「なによそれ！　あんたが心配しているのは祝言のことだけなの!?」

「そ、そんなわけ……」

「バカじゃないの！　帰ってよ！　あたしは今日、調子が悪いの！　これ以上あんたにきついことも言いたくないから！」

小雪はぐいぐいと由太郎の体を押した。その手が驚くほど冷たくなっていることに由太郎は気づき、急いで懐から布を取り出した。

「わ、わかった、帰るよ。でもこれ」

布を小雪の手に押しつける。

「俺の懐に入れてたからまだあったかいよ。体を冷やすなよ」

由太郎はさっと身を返すと長屋の木戸をくぐった。小雪は襟巻を握りしめたままその背中を見送った。手の中がじんわりと温かい。由太郎の温かさが小雪の胸をしめつけた。

「バカじゃないの……」

お人好し（ひとよし）の由太郎。理不尽に怒られて、それでもなお相手を気遣って。

馬鹿なのはあたしの方なのに。

前の家や隣の戸が開いて物見高いかみさん連中が顔を覗かせている。小雪がキッと睨むと、その顔があわてて引っ込んだ。

「……」

小雪は家の中に入った。外から戻ると中の臭いがキツく、苦しいほどだ。小雪は由太郎の襟巻で鼻を覆った。恋しい男の肌の匂いを吸い込もうとした。

「おっかさん……」

布団の中の母親は動かない。呼びかけに応えない。

「どうしよう、おっかさん……」

臭いのもとは土間に置いてある瓶の中、そして布団の中だ。瓶の中身は見つからないようこっそり捨てればいいが、布団の中のものは捨てられない。

「おっかさん……なんでなのよ……」

小雪は部屋に上がらず、土間にうずくまってすすり泣いた。


午後になって寒さがゆっくりとほどけてきた頃、大五郎組の辰治が山を登ってきた。ちょっと前まではがんばって細いすねを出していたが、今はもう股引（ももひき）をはいている。それが恥ずかしいのか着流しの裾はまくっていなかった。

「ここしばらくのことなんですが」

辰治は土産の豆大福を兎月に差し出して言った。

「町は変わりありません。ただ、犬がよく死んでいるそうです」

「犬ぅ？」

「首が」

辰治はそう言って手のひらで自分の首を摑んだ。

「首だけが地面に落ちてて体がなかったり、血だけが残ってて死体がなかったりというようなことが、今までに五件あったそうです」

「ふうん」

兎月は首をひねった。

「おかしな事件には変わりねえな。わかった、今日の夜から外へ出てみる。今まで犬が死んでいた場所を教えてくれ」

「へえ、そうおっしゃると思いやしてこんなものを用意しておりやす」

辰治は懐から町の地図を取り出した。中に大きく×印が書き入れられている。

辰治は足が速いだけでなく、よく気が利き物覚えもいい。やくざの組に置いておくのはもったいない。

「ありがとよ、これは駄賃だ」

兎月は残った豆大福と、二銭銅貨を放った。

「ありがとうございやす」

辰治は嬉しそうな顔になる。小銭をちびちびと貯めて賭場に行くのが彼の楽しみだ。いつもすっからかんになっているが。


その夜、兎月はうさぎの体を借りたツクヨミと一緒に、麓の町へ下りた。犬が殺されているだけでは怪ノモノの仕業かどうかわからないが、今は他に手がかりがない。

汐見町の、満月堂近くまで来ると、「ツクヨミさま」と声をかけられた。四つ角に赤い着物を着た女が立っている。

「稲荷か？」

兎月の懐から顔を出して、ツクヨミうさぎは言った。

「あい、豊川の姐さんから話を伺っております」

女の顔は豊川に似ていた。以前会った別の稲荷も似ていたので、おそらくこの地域の稲荷はみな豊川の姿を模しているのだろう。

「犬が殺されているって聞いたんだが、見たことはあるかい？」

「あたしはありません。でも、寿町と相生（あいおい）町の稲荷が見たと言っていました。寿町で二件、相生町で一件、ああ、春日町でもありました。そこで三件」

「聞いていたより多いな。なんでもっと早く教えてくれなかった」

「……犬は狐の天敵なので、犬が死ぬのはいいかなと」

頼む相手を間違えたかもしれない、と、兎月は顔を覆った。

「犬はあたしたちの祠に小便をかけますし、狐を追いかけ回すし、あたしたちの気配も察知して吠えたてますし……」

稲荷はきれいな眉をきゅっと寄せて目をつり上げた。とたんに鼻がにゅうっと伸び、獣の面になる。兎月はその顔に向かって手を振った。

「あんたらが犬を嫌いなことはわかったよ。で、その犬を殺してるのはどんなやつだ？　やっぱり犬か？　それとも人か？」

稲荷は両手で鼻や頬を押さえてもとの美しい顔に戻して言った。

「どちらでもありません。あれは、死人です」

ひやりと心の臓が跳ね上がった。淡々とした言葉だったのが余計に恐ろしい。

折よく、遠くで犬の悲鳴が聞こえた。ぎゃんっとひどい声だ。

「兎月、行ってみよう」

ツクヨミが呼びかける。

「谷地坂のようです」

稲荷が着物のたもとから細い腕を出して路地を指さす。

「お気をつけて」

稲荷の声を背に兎月は走り出した。死人？　どういうことだ？

「おそらく町に下りた怪ノモノが死んだばかりの体に入り込んだのだろう」

懐の中で揺すられながらツクヨミが兎月に答える。

「空の器には入り込みやすい。体温が残っていればよけいに惹きつけられる」

「だけど死体だろ？　ほっとけば三日で腐るぞ」

「今は冬でここは蝦夷地……北海道だ。もう少し長持ちする」

「まいったな、そんな腐れものを相手にするのか」

「兎月、上だ！」

ツクヨミうさぎがくんっと首を上に向けた。兎月が目線を上げると、大きな月の下、屋根の上を走る黒い影がある。

「犬……っ、にしちゃ大きいな」

犬だと思ったのは四つ足だったからだ。しっぽに見えたのはひるがえる帯だったたか。

その影は身軽に通りを隔てた屋根と屋根の間を飛び、やがて暗闇に消えた。

「くそっ」

兎月は立ち止まり周囲を見回した。なんの音もしない。

「次は我のうさぎたちも連れてこよう」

ツクヨミは前脚で兎月の胸を叩いた。兎月はうさぎの頭で手を温め、しばらくその周辺を巡ってから山へ戻った。

三

それからまた何日か経ったが、あの夜以来、犬が殺されるという事件は聞かれなくなった。

稲荷たちに聞いても最近は見ないという。

だが、この町のどこかに人の死体の中に潜んだ怪ノモノがいるのだ。

「こんちは」

昼過ぎに、兎月が満月堂ののれんをくぐると、「いらっしゃイ！」と予想に反した声が迎えてくれた。

「なんだ、あんた。菓子屋に店替えしたのか」

長い髪を手ぬぐいで包み、前掛けをかけたアーチー・パーシバルが店内にいた。

「違いマスよ！」

「パーシバルさまがメリケンのお菓子を教えてくださっているんです」

同じように髷を手ぬぐいでくるんだお葉が笑いながら答える。

「へえ、メリケンの菓子ってビスキュイとか？」

その言葉にツクヨミうさぎが急いで懐から顔を出す。

「ビスキュイはおーぶんというもので焼かなければならないのでできないんですが、冷やすだけでできるものを教えていただきました」

「冷やしてできるもの？」

「あいすくりーむデス！」

「あいす……？」

「冷たくてあまいスイーツデス」

「今作ったばかりなので出来上がるのはもう少しあとになると思います。明日にはお出しできますよ」

お葉が兎月の懐で、さかんに鼻を動かしているうさぎを撫でながら言った。

「そうか。じゃあ明日も来なきゃな」

「はい、お待ちしてます」

パーシバルは手ぬぐいと前掛けを外すとおみつに手渡した。

「ワタシも楽しみにしてマス。出来上がったらぜひうちで取り扱わせてください」

パーシバルはそう言って跳ねるような足取りで帰っていった。忙しい頭取のわりにはよく出歩いている。

「……あ、そういえば兎月さん……」

異人を見送ったお葉はくるりと振り向いて言った。

「最近、小雪さんは神社にいらしてますか？」

兎月は首を横に振った。

「いや、来てないな。そういやこないだ由太郎にも聞かれたよ。ぐちぐち言うから当たって砕けろって発破かけてやったが」

その言葉にお葉とおみつが顔を見あわせる。「ああ」とか「ねえ」とか言い合い、責めるように兎月を見上げた。

「由太郎が来たのかい？」

「ええ……それが小雪さんと喧嘩をしたって」

「すっごくしょげてた」

おみつがおかしそうに付け足す。

「あちゃあ」

どうやら自分のかけた発破は不発だったらしい。それとも葉っぱにでも化けてしまったか。

「小雪さん、おかあさんが治ったって喜んでたのに、どうしたのかしらねえ」

お葉が手を頰に当てて小首をかしげる。

「まさかほんとに由太郎がいやになったというんじゃねえだろうな」

「由太郎さんと小雪さんの祝言がなくなったら困る！　うちで引き出物を作るって約束なの！」

おみつが唇をとがらせ、お葉に「これ」とたしなめられた。おみつはえへへとかわいらしく笑う。

親子のような気安い様子に、兎月は二人を引き合わせてよかったなと思う。

「仕方ねえな。俺にも責任の端っこはあるみたいだからちょっと小雪ちゃんの様子を見てくるよ」

兎月はそう言うと、小雪への土産にうさぎ饅頭を二個、包んでもらった。別に一個買って懐に入れると、さっそくツクヨミが前脚で抱え込んだ。

　小雪の住む多助長屋まで行くと、木戸の前でうろうろしている男の背中を見つけた。木戸から首を出したり引っ込めたりして長屋を覗いている姿は不審者としか思えない。

「……なにしてるんだ、若旦那」

「あっ、兎月さん」

　由太郎はびくりとして振り返ると、次には怒った顔ですたすたと近づいてきた。

「兎月さんひどいですよ、おかげで小雪ちゃんを怒らせたじゃないですか」

「俺は勇気を出せと言っただけだ。おまえの言い方が悪かったんだろ」

「そんなぁ、もう俺どうしていいか」

「まあ、俺もちょっとは責任感じてるんだよ」

　兎月は懐からうさぎ饅頭を取り出した。

「だからお詫びに小雪ちゃんを訪ねてみようと思ったんだよ」

「はあ……」

　由太郎はがっくりと肩を落とした。

「そんなもので小雪ちゃんの機嫌が直るかな」

「そんなものとは失礼なやつだな。お葉さんのうさぎ饅頭は絶品だぞ。小雪ちゃんだってよく買ってた」

「そりゃわかってますがね」

「とりあえず様子を見てみるよ。おまえさんは後ろからついてこい」

長屋の中に入ると奥の方で井戸を使っていたおかみさん二人が兎月たちに気づいた。

「ちょっとちょっと」

おかみさんたちは洗っていた大根をそのままに、小走りで近寄ってきた。

「由太郎さん、どうなってんだい」

「そうだよ、あんた、小雪ちゃんをほっておいて」

二人にかわるがわる責められ由太郎は目を丸くする。

「なんなんですか」

「小雪ちゃんのことだよ」

おかみさんたちは互いの顔を見て「ねえ」とうなずきあった。

「最近小雪ちゃんおかしいんだよ。夜中にどたんばたんとうるさくて。小雪ちゃんがお梅さんを叱りつけるような声も聞こえてくるし、早いとこ祝言あげなって」

「ええ?」

「それに……なんか臭いんだよね」

今度は女たちがなにかに怯(おび)えるような顔をした。

「小雪ちゃん、ぜんぜん話してくれないし、最近は表にも出なくなっちまった。頼むよ」

兎月は懐のうさぎの耳をぎゅっと摑んだ。これは事態が思ったより悪くなっているようだ。

「若旦那」

兎月はうろたえている由太郎に呼びかけた。

「俺が話をしてみる。おまえは俺が呼ぶまで外で待ってろ」

「うへえ」

由太郎は首をすくめた。


「……小雪ちゃん」

兎月は小雪の住む家の戸をそっと叩いた。後ろから由太郎がぴょこぴょこ体を上下させながら覗こうとする。それを「うるさい」と押さえて兎月はさらに呼びかけた。

「俺だよ、兎月だ。いるんだろ」

家の中からは声は聞こえない。ことりと音もしない。

「小雪ちゃん。なにか悩みがあるなら言ってみろよ。神社は氏子の悩みを聞くところだ。

うちの神さんはあんたを助けたがっているよ」

小声で続けると、がたりと音がした。腰高障子を押さえていた心張り棒が外される音だとわかった。

戸口が少しだけ開く。顔を覗かせた小雪は目の下にくまができ、頬もげっそりとこけていた。首にはきっちりと襟巻を巻いている。

「小雪ちゃん……どうしたんだ」

「兎月さん……」

小雪はかすれた声で言った。

「神様……助けてくれるの？」

「あ、ああ。もちろんだ」

「……」

小雪は一度きつく目を閉じ、やがて意を決したように戸を開けた。ぶわっと悪臭が兎月の顔を襲う。

「な、なんだこの臭い……」

土間に一歩踏み込み、兎月はたもとで鼻を覆った。

「腐臭だ」

兎月の懐の中でツクヨミが囁く。

奥の畳に布団があった。それは丸められ、ぐるぐると紐や縄で縛られている。その塊はかすかに動いていた。

「小雪ちゃん、あれは」

小雪はぴしゃりと戸を閉めた。外に由太郎がいたことには気づいていないようだった。

「助けて……」

小雪は障子に背中を預けそのまますずるずるとしゃがみこんだ。

「助けて。おっかさんが……化け物になっちゃったの……！」

「化け物？　どういうことだ。あれはおっかさんなのか？　なんだってあんな真似を」

「あたしが縛ったの……」

小雪は顔を覆った。

「おっかさん……夜になると起きるから……出ていこうとするから……でも昼間は動かないから……なんとか……」

「だけどあんなにしたらおっかさんが」

駆け寄ろうとした兎月の足に小雪がしがみついた。

「だめ！　ほどいちゃだめ！　おっかさん、もうあたしのこともわからない、あたし、おっかさんに、か、噛まれて……ッ」

小雪は自分の首に巻いた襟巻を引きちぎる勢いで外した。そこには生々しい傷跡があり、血がにじんでいる。

「小雪ちゃん……」

兎月の鼻に腐臭とは別な臭いが届いた。これは知っている。昔、自分の周りに溢れていたものだ。

兎月は周囲を見回し、竈（へっつい）の前に置いてある水瓶を見つけた。そこから漂ってくるようだ。

「――」

兎月は瓶の蓋に手をかけた。小雪がはっと顔を上げたが、制止はしなかった。

「う、」

中には犬の死体が、その一部分が、毛皮の切れ端が、骨が、入っていた。

「まさか、これ……お梅さんが？」

小雪はわっと泣き出した。泣きじゃくりながらそれでも声を振り絞る。

「お、おっかさん……夜、出ていって……い、犬を……犬……っ」

数日前に屋根の上で見たあの姿。あれが小雪の母だというのか。

「兎月」

ツクヨミが囁く。大きな石を飲み込んだかのように、苦しげに。

「小雪の母は怪ノモノに」

「ああ、そうだな」

兎月は一歩足を踏み出した。

「ここにいたのか」

「……と、兎月……さん……」

「大丈夫だ、小雪ちゃん……今、おっかさんを元に戻してやるから」

「ほ、」

小雪は目を大きく見開いた。希望がその顔に溢れてくる。

「ほんとに?!」

「ほんとだ。元の優しいおっかさんに……だが、それはおっかさんを元の死体に戻すということだ」

小雪の動きが止まった。

「小雪ちゃん、おっかさんは死んでいたんだろ?」

「え……」

「おっかさんは死んでいたんだ。そこに悪いものが入っておっかさんの体を動かしていただけなんだ……だからおっかさんを救うことは……」

「そんな……違う、だめ、いやよ……！　おっかさんは……」

小雪は叫ぶと土間を這って兎月に近づこうとした。

「――おっかさんを化け物のままにしておきたいのか？」

兎月は静かに言ったが、小雪は激しく打たれたかのように身を震わせ、その場にへたりこんだ。

「おっかさんを成仏させてあげよう」

「あ、あ……」

兎月は振り向くと外へ向かって声を上げた。

「由太郎！」

その名に小雪がはっと身をすくめる。すぐに腰高障子が勢いよく開いて由太郎が顔を出した。ずっと外でやきもきしていたのだろう、小雪を見て満面に笑みを浮かべる。

「小雪ちゃん！」

「よ、由太郎さん」

「若旦那、小雪ちゃんを外に出せ。いいと言うまで中にいれるな」

兎月は叫んだ。

「え？　あの、え？」

「早くしろ！」

そのとき、縄で縛られていた布団包みが激しく動いた。

「な、なんだあれ……」

小雪が由太郎にしがみつく。

「見ないで、由太郎さん！　お願い！」

「小雪ちゃん、でもあれ」

由太郎はうろたえた様子で家の中と小雪を見る。

「くそっ、昼間は動かねえんじゃなかったのかよ！」

「我とおぬしが来ているのだ。怪ノモノとて逃げようとする」

懐でツクヨミが冷静な声を出す。

「逃げられないうちにこのまま斬れ」

「わかった」

兎月はなにもない空間に手を伸ばす。

「来い！　是光！」

叫びと同時に手の中に光が生まれた。それはさっと一筋筆で線を引いたように、刀の形になる。抜き身の刃はたちまち柄や鍔を身にまとい、剣となった。

だが、兎月が柄を握る一瞬前、布団を突き破って青黒い腕が現れた。その手は縛っていた荒縄を断ち切り、丸まっていた布団が勢いよくはねのけられた。

「しまった！」

兎月は剣を横に払ったがぎりぎりのところで避(よ)けられる。

畳の上に仁王立ちになっているのは小雪の母、お梅だ。

布団に閉じこめられている数日のうちに腐敗が進んだか、体の半分が黒ずみ、膨れ上がっていた。ところどころぼこぼこと水疱(すいほう)ができて、それらの半分は潰れ、ぬらぬらと皮膚が光っている。腕は今、擦れたのか、肉から骨がむき出しになっていた。

顔だけはまだきれいなのが逆に憐れだ。

「動けなかったせいで飢えているぞ、気をつけろ！」

お梅はのどの奥から声ではない音を出した。筒が風を受けて震えるような音だ。

「お梅さんの体から出ていけ！」

狭い部屋の中で刀を振るうのはむずかしい。兎月は中段に構えると、まっすぐに突き入れた。

ずぶぶ、と刀がお梅の腹に吸い込まれる。

背後で小雪の詰まったような悲鳴が聞こえた。

お梅を突いたが血は出なかった。兎月の刀は怪ノモノだけを斬る。人の肉体(からだ)は傷つけない。

お梅の口から黒い泥のようなものが溢れ出した。それは畳に落ちる寸前、首をもたげて兎月の横をすり抜けようとした。

「させるか！」

土間で抱き合っている小雪と由太郎めがけ、黒い泥が突き進む。だが、それは二人に届く寸前、兎月の剣先に貫かれた。

黒い泥は蛇のようにびくびくと首を振り、やがて消えてしまった。

「――戻れ、是光」

兎月の言葉に手の中の剣もまた消えてゆく。

兎月は畳の上に仰向けに倒れているお梅を抱き上げ、布団の上に戻した。着物の乱れを直し、ざんばら髪を撫でつけてやる。

掻巻をかけてやれば、色だけは青黒いが、眠っているような死に顔だ。

「終わったぜ、小雪ちゃん」

小雪と由太郎は無言で兎月に恐ろしいものを見るような目を向けてきた。

「おっかさんは悪いものに取り憑かれていた。今、宇佐伎神社がそれを祓った。もう、大丈夫だ」

「……」

小雪は由太郎の胸を押し返した。弱い力だったが由太郎はあっさりと小雪を手放す。

「おっかさん……」

小雪は手と膝を使って這いながら、部屋にあがった。布団の上で横たわっているお梅を見下ろす。

「おっかさんはもとに戻った。葬式を出してやろう」

「兎月さんが……殺したの?」

小雪は小さな声で言った。

「違う!」

兎月の懐でツクヨミうさぎが叫ぶ。兎月は手を入れてうさぎの頭を押さえた。

「おっかさんは死んでたんだよ。俺が斬ったのは怪ノモノだ。悪霊だ」

「兎月さんが殺したんだ……!」

小雪は母親の枕元に顔をつっぷした。背中が大きく震え、嗚咽(おえつ)があがる。

兎月は小さく息をつくと、小雪に背を向けた。土間で腰を抜かしている由太郎を見る。

「若旦那」

「……へ、へえ……」

「小雪ちゃんのおっかさんは死んだ。葬式の手配を頼むよ……ああ、大家にも言っておいてくれ」

「へえ……」

入り口の戸を開けて外へ出ると、西の空が薄い紅色に染まっていた。もうじき日が落ちる。

「と、兎月さん」

あたふたと膝をついたまま由太郎は土間で回った。

「さっきの黒いの……あれが悪霊？　け、けの……」

「怪ノモノだ。宇佐伎神社はアレから町を護っているんだ」

「そう、だったんですか」

「あとは頼む」

兎月は戸を閉めずに外へ出た。部屋の中の異臭、悪臭は夕方の風に乗って流れ出てくれるだろう。

小雪に悪いことをした、と兎月は思った。小雪は由太郎には変わってしまった母親を見られたくなかったに違いない。自分がもたついたせいで、悪鬼になってしまった母親を見られてしまった。祝言の約束も白紙になるかもしれない。

「兎月」

懐の中でツクヨミうさぎがぽんぽんと胸を叩いた。

「気にするな……仕方がなかったのだ。由太郎は頼りない男だが、小雪を好きなことは間違いない。きっと、あの二人はうまくいく」

「そうだろうか？」

「そうだ。ほれ、このうさぎ饅頭を賭けてもいい」

ツクヨミは食べかけの饅頭を前脚で持って差し上げた。

「いらねえよ、そんな食いかけ」

兎月は両手でツクノミの小さな頭をぐしゃぐしゃとかき回した。ぴこぴこと抵抗する耳の感触を手に感じながら、兎月は黄昏（たそがれ）に染まる町並みを見つめた。

四

その夜、お梅が死んだというので、長屋の連中が入れ替わり立ち替わり線香を上げに来た。部屋の中は線香の匂いでいっぱいになり、腐臭も血の匂いもかき消えた。

小雪は呆然と枕元に座ったままで、長屋の人間の相手は由太郎がした。

そのうち由太郎の両親も、満月堂のお葉も駆けつけた。

お葉が小雪に慰めの言葉をかけても、小雪はうつろな顔で「ええ」「はい」と答えるだけだった。

「小雪ちゃん、おっかさんはとっくに死んでたのに、そのままにしといたみたいだよ」

長屋の井戸端でおかみさんたちはそう言い合った。

「だからお梅さんの体傷んでしまって」

「死んだって思いたくなかったんだろ」

「様子が妙だったのはそのせいなんだね。お梅さんが生きているみたいに振る舞ってて、無理が出たんだ」

真実を知らない人間は想像するしかない。いつの間にか、小雪は母親の死に耐えられなくて頭がおかしくなった、という話になってしまった。

「由太郎、ちょっと」

父親で呉服屋の主人である善兵衛が息子を呼んだ。由太郎は一度小雪の肩を撫でて、立ち上がった。障子を閉めて外へ出ると、善兵衛は寒さに足踏みをしている。

「どうしたんだい、親父」

「由太郎……お梅さんが亡くなったんで、おまえたちの祝言は延ばすことになったな」

「うん」

「それでな、どうだろう？　小雪ちゃんとのこと、もう一回考え直してみねえか？」

「ど、どういう意味だよ、親父」

由太郎は目を剝いて父親を睨んだ。

「言った通りだよ。小雪ちゃんは今ちょっとおかしいだろ」

「それは……おっかさんを亡くしたばかりだし」

「だとしてもだ、死んだおっかさんを弔いもせずに三日も四日も放り出しているような娘だ、まともじゃないだろ」

「それは……」

親父はアレを見てないから。

悪霊が小雪ちゃんのおっかさんの中に入って体を動かしていた。だから小雪ちゃんはおっかさんが治ったと思って。

けっして放り出していたわけじゃない。

だがそんなことを言えば、今度は悪霊憑きの親を持った娘との祝言はさせられないと言い出すだろう。

「……小雪ちゃんには、今、俺がついててやらないとだめなんだ」

「由太郎。おまえが気持ちの優しい子だというのは俺の自慢だ。だけどな」

「親父、小雪ちゃんは大丈夫だ。すぐに元の元気な小雪ちゃんに……」

カタン、と音がして、振り向くと小雪が障子を細く開けてこちらを見ていた。

「小雪ちゃ、」

由太郎が駆け寄るより先に戸がぴしゃりと閉まる。ガタリと硬い音がしたのは心張り棒をかけた音か。

「小雪ちゃん！」

由太郎が引いても戸はぴくりとも動かなかった。

「由太郎さん、帰って」

「小雪ちゃん……」

「祝言はナシにしていいわ……あたしは由太郎さんのお嫁にはなれない」

「そんな、なにを言うんだよ」

行燈の灯にほのかに映し出された小雪の影が首を垂れる。

「善兵衛さんの言う通りよ。あたしは頭がどうかなってるの。だから、もう」

「小雪ちゃん」

戸を叩く由太郎の肩に父親が手をかけた。

「由太郎、一回戻ろう」

「だ、だって」

「俺も言い過ぎた。お互い一度落ち着いた方がいい。小雪ちゃんも、おまえも俺も。それで明日、もう一度話をしよう」

「……」

由太郎は閉められた戸を見て、父親を見て、それから自分の汚れたつま先を見た。

小雪の母親が様変わりしたとき、俺は怯えてなにもできなかった。小雪はそんな情けない俺に、もしかしたら愛想をつかしたのかもしれない。

そんな思いもあった。

「わかったよ……」

由太郎はしおしおと父親の後についた。木戸を出るとき一度振り返ったが、障子は開けられることがなかった。

その夜、強い風が吹いた。その風に乗って粉雪が舞った。雪は風と一緒に家壁に、瓦に吹きつけられ、ぱらぱらと固い音を立てた。

由太郎は自分の部屋の布団の上に座ってその音を聞いていた。

きっと小雪も同じ音を聞いている。死んだ母親と二人だけで。

小雪は火事で父親を失った。それから二人っきりになって、どんなに体の弱い母親を大切に思っていたか、由太郎はよく知っている。

悪霊が入ったって化け物になったって、死んだおっかさんが生き返ったと思ったら、嬉しかったに違いない。

だけどおっかさんは兎月さんに斬られた。

宇佐伎神社がそんな神社だとは知らなかった。口は悪いが気のいい兎月さんがそんな大切な役目を担っていたなんて。

ぱぱぱ、とまた雪が壁を打った。

「小雪ちゃん……」

今日、小雪は線香を絶やさないように寝ずの番をするはずだ。一人で寒い部屋にいるのだろうか？　火鉢に火はいれただろうか。怖くないだろうか。

たまらなくなって由太郎は立ち上がった。

町の木戸が閉まるまで、あと半刻はある。

「顔を見るだけだ。火鉢の火を確かめるだけだ」

由太郎はそう呟き、そっと部屋を抜け出した。

走る道に雪は積もっていなかった。風のせいで吹き散らかされてしまったらしい。だが白い雪は空中を舞って、視界を奪う。

由太郎は顔中にぐるぐると布を巻いて、その雪風の中を前のめりに走っていた。

多助長屋の木戸まで走るとまだ開いていた。長屋はどこも真っ暗だ。みんなとっくに眠ってしまったのだろう。

由太郎は小雪の家の前まで行き、そっと戸を叩いた。行燈が消えているのか、中は真っ暗だ。

「小雪ちゃん。開けておくれよ」

しかし、声をかけると部屋の中で動く気配があった。

「ごめんよ、明日来るつもりだったんだけど、一度だけ小雪ちゃんの顔を見たら帰るから。な、開けてくれよ」

小雪が土間に下りてきて息を詰めているような気がした。

「風が強くて……小雪ちゃんが怖がってるんじゃないかって思うと、俺、心配で」

カチカチと歯を鳴らしながら由太郎は囁いた。

「火鉢に火は入れてるかい？　寒くないかい？」

カタリ、と心張り棒を外す音。それからそっと戸が開けられた。小雪はうつむいており、白い額が目の前にあった。

「……バカじゃないの」

小雪が呟いた。

「寒いのは由太郎さんでしょ」

「小雪ちゃん」

いつもの憎まれ口にほっとする。小雪は戸を開けて由太郎を入れてくれた。

部屋の中は外よりはまし、というだけで寒いことに変わりはなかった。由太郎が心配した通り、火鉢に火は入っていない。由太郎は火を起こし、隅に畳んであった夜具から薄い布団を引き出して小雪の肩にかけた。

二人は並んでお梅の枕元に座った。

「小雪ちゃん。親父の言ったことは気にするなよ」

「……」

「俺は絶対小雪ちゃんと一緒になりたいんだ」

「でも善兵衛さんのおっしゃることももっともだわ」

「俺、ちゃんと明日、親父と話すから」

小雪はそっと由太郎の胸に頭を寄せた。

「由太郎さん、……あったかい」

「そ、そうかい。走ってきたしな」

由太郎は布団の上から小雪の肩に手を回した。

「俺は小雪ちゃんと所帯を持つことしか考えてないよ」

「あたし、……ほんとに由太郎さんのお嫁さんになれるの……?」

「当たり前じゃないか」

「嬉しい……」

由太郎の手は小雪の首にかかり、巻いてある襟巻に触れた。

「これ、使ってくれてるんだ」

「うん……これがあるから寒くないの」

小雪は由太郎の胸に頬をすりよせ、手で体に触れてきた。

「あたし……由太郎さんが……」

次の瞬間、小雪は大きく背をのけぞらせた。

「いっ、痛い！　痛い痛い痛いっ！」

「こ、小雪ちゃん!?」

小雪は自分の首を押さえて畳の上に倒れた。

「い、痛い……っ」

「小雪ちゃん、どこ？　どこが痛いんだ!?」

「くっ、首が……っ」

小雪の指ががりがりと襟巻を掻きむしっている。由太郎はあわててその手を離させた。

「待って、小雪ちゃん。さわらないで。今俺が見てやるから」

襟巻の下、小雪の細い首の右部分に傷があった。その傷は膿み、周囲が青黒く腫れ上がっている。

「小雪ちゃん、こ、これどうしたの？」

「お、おっかさんに……」

「噛まれたのか⁉　ひどい傷じゃないか。医者には？」

「だって……おっかさんに噛まれたなんて言えない……」

「とにかくなにか薬を」

立ち上がった由太郎の腕を小雪の手が強く摑んだ。

「え？」

「え？」

小雪は由太郎を摑んだ自分の右手を見た。その手はぶるぶるっと震えたかと思うと、まるで別の生き物のように由太郎の腕を伝って這い上がり、それに引きずられて小雪も膝立ちになった。

「え、なに……」

小雪の右腕は由太郎の首を抱き込み、強引に自分の方に抱き寄せた。

「小雪ちゃん⁈」

由太郎の顔を自分の首元に引き寄せる。膿んだ傷口にぱかりと裂け目が現れた。

「うっ、うわっ！」

由太郎の目の前で、小雪の傷は血をまき散らしながら口を開ける。それは、奇怪な顔のように見えた。骨のような白い歯さえ見えたのだ。

「うわあっ！」

由太郎は小雪を突き飛ばした。小雪の体は横たわっていたお梅の上に折り重なる。

「よ、由太郎さん」

小雪の悲鳴に重なって、げっげっげ、としわがれた声が、すぐそばで聞こえた。

「由太郎さん、なにこれ、あたし、どうなってんの？」

自分では見えない小雪は首の傷を押さえた。その手のひらをべろりと舌のようなものがなめる。

「きゃああっ！」

小雪は手を離し、衿元を大きく開いた。肌の青黒さは首だけでなく、肩や胸、そして頬にまで及んでいた。血の道（動脈）が膨れあがり、どくんどくんと肌の上で脈打っている。

「由太郎さん！　怖いっ！　助けて！　どうなってんの!?」

「こ、小雪ちゃん……」

由太郎が震えながら言った。

「顔が……小雪ちゃんの首に顔がある……」

「うそっ！　とって！　助けて、由太郎さん！」

由太郎はいやいやと子供のように首を振った。

「か、勘弁してくれえ……っ！」

由太郎はそう叫ぶと戸口に向かって駆け出した。体をぶつける勢いで障子を開くと、そのまま雪風の中に姿を消した。

「よ、由太郎さん……」

残された小雪は呆然と座り込んでいた。

げっげっげ、と小雪の首にできた醜い顔が、嗤い声のような音を立てた。


びょうびょうと風が荒れ狂い、小さな社は吹き飛ばされそうだった。閉めているのにどこからか粉雪も吹き込んでくる。

兎月は掻巻にくるまり、本物のうさぎを何羽も胸に抱き込んでいた。

「さ、寒い……っ、凍りつきそうだ」

「やはり冬にここで過ごすのは無理そうだな」

がたがたと震える兎月に、ツクヨミは心配げな目を向けて言った。

「雪が本格的になってから、じゃなくて明日からでもパーシバルの家に行くか？」

「しかし、」

兎月は見えない外を見るように壁に目を向けた。

「やはり山を下りたら怪ノモノを逃す割合が多くなるだろ。この先誰も、小雪ちゃんのような目に遭わせたくないんだ」

「志は立派だが、我はおぬしを失いたくない。それに雪の深い山の中で今までのように怪ノモノを追うのは実質無理だ」

ツクヨミは兎月のそばに来ると、ちんと膝を揃えて座った。

「諦めろ。そして麓でできるだけのことをしよう」

「……くそっ」

兎月は腕を伸ばしてツクヨミを抱き上げると自分のあぐらの中に納めた。ふわふわとした髪の中にあごを埋める。

「あいかわらず温まらねえな、おまえ」

「悪かったな。そもそも神を懐炉代わりにするな」

そのとき、ツクヨミと兎月の周りのうさぎたちが、急に後脚で立ち上がり、一斉に首を同じ方向へ向けた。それは神使も生きたうさぎも同じだった。

「どうした？」

その仕草に兎月がぱっと身を起こす。

『ダレカ　キタ』

『ソトニイル』

神使のうさぎたちが鼻をぴくぴくと蠢かして言う。

「ヒトか？　怪ノモノか?!」

『……』

うさぎたちは顔を突き合わせた。耳が動き、鼻が動く。

『ワカラン』

『ワカラン　マジッテル』

『マジッテル』

兎月は立ち上がって社の戸を開けた。ビョオッと固まりのような冷たい風が顔を打つ。

「誰だ！」

細かな雪が縦横無尽に風に翻弄され、まるで白い布が幾重にもはためいているような外に、今にも倒れそうな細い姿があった。

「こ、小雪ちゃん！」

兎月は驚いて外に飛び出した。積もらない粉雪が草履(ぞうり)の下で舞い上がる。

「どうしたんだ！」

近寄ろうとした兎月に小雪の右腕が伸びる。しかし小雪は左の手でそれを制した。右肩が外れそうな勢いで動くが、小雪は必死にそれを押さえ込む。

「近寄らないで！」

小雪は全身を震わせながら叫んだ。

「あ、あたしの首に化け物がいるの！」

「なんだって!?」

「由太郎さんを……襲おうとしたのよ……」

小雪は膝から崩れ落ちた。

「あたしも化け物になっちゃった……」

「由太郎は!?」

「逃げたわ……」


由太郎は走っていた。

恐怖に駆られて長屋を、木戸を駆け抜け、次の通りの角まで来た。そこで足を滑らせ、前のめりに転んだ。額を激しく打ち、目の前に星が散った。

「……いってえ……」

由太郎は額を押さえて呻いた。ずきずきと鼓動のたびに痛みが走る。その痛みが、恐怖を薄れさせた。

「小雪……」

間近に見た異形に心を鷲摑みにされ、思わず飛び出してしまった。

「お、俺は」

とんでもない間違いをしてしまった。地面が崩れて体が落ち込むような絶望感。

あれは惚れた女のはずだ。所帯を持つと誓った相手だ。

助けて、と小雪は言った。なのに逃げ出してしまった、小雪の手をはねのけて。

「お、俺はなんてことを」

小雪の見開いた目、震える唇。伸ばされた指。

「も、戻らなきゃ」

小雪は自分の名前を呼んでいたではないか、何度も呼んで救いを求めた。化け物になったわけではない。

「ごめんよ、ごめんよ、小雪ちゃん！　俺は金輪際……っ」

由太郎は長屋へ駆け戻った。だが、長屋の入り口は開け放たれ、中にはお梅の遺体しかなかった。

「小雪ちゃん、どこへ……」

逆巻く粉雪に目をやって、考えるより先に走り出していた。小雪の行くところはひとつだけだ。

そうして由太郎は走りに走って函館山の麓まで来た。目の前の石段が黒い闇の中に続いている。

「ええい、ちきしょう！」

由太郎は石段を上り始めた。


小雪は襟巻を下げて兎月に傷口を見せた。兎月は夜目が利く。社の中のわずかな光で、小雪の首の異形を見てとった。

それは本当の口のようにぱくぱくと開いたり閉じたりして、時折笑い声のような、耳障りな音を立てた。

「ツクヨミ、あれは……」

「小雪は母親に噛まれたと言っていた」

兎月の背後でツクヨミが言った。今はうさぎの中に入っていないので、ツクヨミの姿も声も、小雪にはわからない。

「その傷口から怪ノモノの一部が入ってしまったのかもしれない。今は傷だけだがそのうち全身に回るぞ」

小雪は地面に膝をついたまま兎月を見上げた。

「お願い、兎月さん。あたしを斬って。全部化け物になる前に殺して。おっかさんのところに送って」

「だから、殺したんじゃねえって」

「あたしが悪いの！」

小雪は暴れようとする右腕を押さえながら泣いた。

「あたしが……おっかさんが死んだら祝言が遅れるからって……だから化け物になってもおっかさんを生かしたままにしたかった。こんな親不孝もの、化け物になって当然よ」

「小雪ちゃん、自分を責めるな」

「お願い、早く斬って！　殺して！」

「殺してないと言っても聞く耳を持たないようだな。兎月、さっさと斬ってやった方がいい」

ツクヨミは呆れた声で言った。兎月はうなずくと、右手を闇に伸ばした。

「来い、是光！」

右手の中に光が生まれる。怪ノモノ殺しの清浄な剣。鍔をまとい、柄をまとい、正絹の組紐が雪風に負けずに柄に巻きつく。

小雪はそれを見て頭を垂れた。首に棲みついた怪ノモノが悲鳴を上げる。

兎月が刀を振り上げたとき、

「やめろおおっ！」

鳥居から由太郎が駆け込んできた。

「由太郎さん！」

小雪の目に歓喜の光が走る。

「やめてくれっ！　小雪を殺さないでくれ！」

由太郎は勢いよく小雪の前に滑り込み、両手を広げた。

「小雪は、小雪は俺の嫁だ！　俺の女房だ！　殺さないでくれ、兎月さん！」

「……ややこしいことになったぞ」

兎月はぼそっと言葉を落とす。ツクヨミは頭を抱える。

「由太郎さん、どうして」

「小雪、すまねえ、逃げたりして。俺、びっくりしたんだ、それだけなんだ」

由太郎は小雪の首に目をやり、激しく頭を振った。

「おまえのことを、怖がったんじゃねえ！　おまえがなんでも俺はかまわねえよ！」

「由太郎さん、でもあたしは化け物に」

「化け物でも惚れてんだよ！」

由太郎の言葉に小雪は新しい涙を溢れさせた。

「由太郎さん……」

「小雪！」

「そろそろいいか？」

兎月はぐるぐると刀を持った右手を振る。寒くて凍りつきそうだ。

「どけよ、若旦那」

「い、いやだ！」

由太郎は小雪を抱きしめた。

「斬るんなら俺も一緒に斬れ！」

兎月は睫毛に積もった雪を指で払った。

「それじゃ、お言葉に甘えて」

次の瞬間、右手の刀が見えない速さで振られた。刀は由太郎と小雪を同時に、確かに、袈裟(けさ)斬りにした。

「……」

由太郎と小雪は抱き合ったまま失神した。

兎月はそんな二人をやれやれと抱き起こした。

「死んじゃねえから安心しな。ってもこれじゃあ凍え死んでしまうぜ」

終

うっすらと白く積もった雪の道を、野辺送りの列がゆく。小雪は遺体の入った早桶の後ろからうなだれながらついていった。そのそばには由太郎もいる。

小雪の首には白く清潔な布が巻いてあり、肌の青黒さももう見えなかった。

掘られた穴に早桶が下ろされ、土がかけられ、僧侶が経を読んで、簡単な葬儀は終わった。

小雪と由太郎の祝言は延期となった。身内に不幸があったのだから、仕方がない。小雪はその延期の期間を使って由太郎の父親の善兵衛に、自分を認めてもらうことにした。今までのように、いや、今まで以上に仕立てに精を出して、証明しなければ。

由太郎の嫁としてふさわしいと。

「こんちは」

兎月が満月堂ののれんをくぐると、お葉とおみつと、そして小雪がいた。

「いらっしゃいませ」

お葉がいつものように笑顔で迎えてくれる。小雪は兎月に深々と頭を下げた。

「小雪ちゃん、会うたびにそれはやめてくれ」

「だって兎月さんは命の恩人だもの」

「大げさだよ」

怪ノモノを斬った後、意識を取り戻した小雪と由太郎は、兎月が本当に悪霊だけを斬ったことを納得してくれた。そのあとは二人して拝むものだから困った。

小雪はうさぎ饅頭を買って帰った。母親の仏前に供えるのだ。

「そういえばパーシバルさまが二十四日は空けておいてくれと言ってらしたの、お聞きですか？」

お葉が首をかしげて聞く。

「ああ、なんだか苦しむ祭りをすると言ってたな」

「苦しいことってなんでしょう？　水ごりとかでしょうか」

「さあな。まったく異人というのはわけのわからんことを楽しむようだ」

パーシバルの言っているのがクリスマスパーティだということは、お葉もおみつも兎月もそしてツクヨミも知らない。

函館の町にまたちらちらと雪が降る。

函館山が雪に埋まるのはもうすぐだった。

フロイスの鏡

序

「クルシミマスじゃなくてクリスマスですヨ」

アーチー・パーシバルは笑いながら言った。

「ワタシたちの宗教、キリスト教の……言うなればお祝いデス。神の子イエス・キリストが生まれたことをお祝いする日が十二月二十五日、クリスマスなのデス」

「その日に神の子が生まれたのか？」

賽銭箱に腰を下ろしたツクヨミが興味深そうに聞く。パーシバルは宇佐伎神社にわざわざ招待状を持ってきてくれたのだ。

「いいえ。キリストが生まれた日ははっきりとは判りません。ただお祝いをする日が決まっているのデス。二十五日は家族で家の中で静かに祝うのですが、その前日、二十四日はクリスマス・イブと言って友人や親しい人を招いて楽しみます」

「そんなのに俺たちが行っていいのかい？」

兎月は招待状を指に挟んでひらひらと振った。

「ハイ、ぜひいらしてください。兎月サンもツクヨミサマもワタシには大切なオトモダチです」

嬉しいことを言ってくれる、とツクヨミは喜んだ。

「函館市内の貿易関係の仲間たちも来ます。歌ったり踊ったりマジックを見たり……たくさんお菓子も食べられマスよ。クリスマスケーキもあります」

「おお、クリスマスケーキ！　お葉が言っていたものだな」

ツクヨミは賽銭箱の上で飛び上がった。

「しかし、異国の神様の祭りに日本の神さんが行っていいのかね？」

「大丈夫デスよ。そうそう、その日はプレゼント……贈り物の交換もします。なにかひとつ、人にあげたい小さなものを持ってきてください」

う、と兎月はあごを引き、両手を広げた。

「あげたいものと言っても見ての通りの貧乏人だぜ？　おまえの仲間といえばみんな大店の金持ちばかりだろう？」

「はい、ですからできるだけお金をかけないものを、と言ってありマス。どんなに高くても一円以内。金をかけるとキリがないのでそんなルールにしてありマス」

パーシバルは楽しそうに片目をつむる。

「一円以内たって、一円なら蕎麦（そば）が五十杯食えるぞ」

兎月がぼそりと言ったがパーシバルは聞こえていないふりをする。

「それでは我は参加できぬではないか。神社を出るにはうさぎにならねばならぬ。うさぎの身では贈り物にされることはあっても、あげたりもらったりはできぬ」

ツクヨミはぺたんと賽銭箱に座り、不満げな顔をした。

「ツクヨミサマ。クリスマスにはサンタクロースという特別な存在があります」

パーシバルは秘密を打ち明けるように重々しく言った。

「さんたくろうす？」

「はい。子供たちのためのプレゼントをイッパイいれた袋を持ち、そりに乗ってやってらっしゃいます」

「ほう、ずいぶん気前のよい神なのだな。袋を持っているなど、オオクニヌシのようだ」

「ホテイさまも大黒さまも持ってるじゃねえか」

兎月が余計な茶々をいれる。

「昔の聖人、ニクラウスが貧しい人々に金貨を贈ったという故事がもとになっている話です」

「日本にもいたぞ、そういうの。鼠小僧次郎吉（ねずみこぞうじろきち）とか、倉田吉右衛門（くらたきちえもん）とか」

さらに追加で突っ込むと、ツクヨミが「兎月うるさい」と睨んできた。

「サンタクロースはよい子に贈り物をしてくれます。きっとツクヨミサマにも贈り物をしてくれますよ」

途端にツクヨミは立ち上がって叫んだ。

「我は子供ではなーい！」


兎月はいつものように満月堂に菓子を買いに行き、パーシバルのパーティのことを話した。同じように招待状を受け取っていたお葉は、嬉しさ半分、困惑半分といった顔を見せた。

「そうなんですよねえ、贈り物……パーシバルさまはお金はかけなくともよいとおっしゃったのですが、でも下手なものをお持ちするわけにもいかないでしょう」

「お葉さんは店の菓子を持っていけばいいじゃねえか」

「それでいいでしょうか？」

「問題ないさ」

それでもお葉の顔色は晴れない。

「一番困っているのは着物なんです。パーシバルさまのお知り合いとなれば異国の方々、しかもお金持ちでしょう？　なにを着ていったらいいのか」

「お葉さんならなにを着たってきれいだよ」

兎月は自分ではうまいことを言ったつもりだったが、お葉は兎月を睨んできた。

「ちゃかさないでください、女には一番大事なことなんですよ。もう、これだから男の方は……！」

朝から怒られてばかりだな、と兎月は肩をすくめた。

一

お葉とそんな会話を交わした日からあっという間に二十四日の夜が来てしまった。

プレゼントについて悩みに悩んだ兎月は苦肉の策の一品を持ってパーシバル商会に参上した。商会の前にはたくさんの馬車や駕籠（かご）が止まり、中には鞍（くら）をつけた馬もいた。

入り口で招待状を渡すと、店のものは「ぷれぜんとはお持ちですか？」と聞いてきた。

兎月は風呂敷に包んだ細長いものを渡した。受け取った男はその軽さにちょっと驚いたように目を開いたが、「どうぞ」と屋敷の中に通してくれた。奇妙なことに、草履を持っていくようにと言われた。

その広間は初めて入る場所だった。完全に西洋風の作りになっていて、たくさんの柱と窓に囲まれた大きな部屋になっている。

天井から、薔薇の花を思わせるようなシャンデリアがいくつも下がっていた。無数に広がる鉄の腕に隙間なく蠟燭が立てられ、昼間のように明るい。

床は艶のある板張りで、中にいる人間は誰もが靴や草履のままだった。兎月も入り口で草履を履くように言われ、とまどいながら土足で部屋の中に入った。

部屋の中央に巨大な三角形の木が立っていて、梢にはきれいな色の飾りがぶらさがっていた。その周りには背の高い外国人たちが大勢いて、だいたいが男女二人連れだった。西洋人の女性をこんな間近で見るのは初めてで、兎月は尻のふくらんだドレスをまじまじと見つめた。

「兎月さん」

呼びかけられて振り向くと、満月堂のお葉だった。いつもの木綿の着物ではなく、正絹の染め物を着ている。化粧もより華やかに施されていたし髪には鼈甲の簪が乗っていた。着物に迷っていたようだが、美しい装いだった。

「ああ、お葉さん……」

きれいだ、と言えばいいのに照れ臭い。兎月は目を泳がせてお葉の髪の辺りを見た。声を聞きつけてツクヨミうさぎも兎月の懐から顔を出した。

「あら、うさぎさんも」

お葉は安堵した顔をしていた。うさぎは鼻をひくひくさせ、お葉の撫でる手を喜んだ。

「よかったわ、見知らぬ方ばかりなので心細かったんです」

「俺もだ」

「ぷれぜんとはお持ちになったんですか？」

お葉は声をひそめて聞いてくる。

「ああ、苦し紛れだがな」

「わたし、結局お店のお菓子にしてしまったんです……」

不安そうなお葉に兎月は微笑みかけた。

「満月堂の菓子は間違いねえって言ったろ」

そんな話をしていると、店のものが銀の盆にガラスの器を載せてやってきた。普段は商会の奥で家の仕事をしている娘なのだろう。着物の上に胸当てのついた白い前掛けをしていた。肩と裾に花びらのような飾りがついている。

「まあ、かわいらしい前掛けですね」

お葉が言うと娘は恥ずかしそうに笑って「えぷろんというものだそうです」と答えた。

「どうぞ。しゃんぱんというお酒です」

娘が渡してくれたガラスの器の中にはぷくぷくと泡の立つ飲み物が入っている。

手にとって鼻につけてみると、ふわりと果実の香りがした。

「なんでしょう？」

お葉は目を丸くして泡を見つめる。

「パーシバルご自慢の葡萄酒のたぐいだろ」

飲んでみると口の中で水が弾ける。驚いて吐き出しそうになったが、なんとか飲み込んだ。

「あら、おいしい」

お葉は気に入ったらしくすいすい飲んでいた。案外といける口らしい。

「兎月サン、お葉サン」

奥で客たちに囲まれていたパーシバルがグラスを片手に近寄ってきた。

「よくいらしてくれまシタ。おお、お葉サン、お美しい。いつもおきれいですが、今夜はよりいっそう輝いていマスね！」

パーシバルの手放しの賞賛にお葉が頬を染める。とても自分には言えないセリフに兎月は感心するより他なかった。

「こちらにどうぞ。みなさんにご紹介しましょう」

パーシバルは尻込みする兎月とお葉をぐいぐいと異人たちの前に押し出した。

「こちらは満月堂というお菓子のお店の女主人（proprietress）、お葉さんです」

最初にお葉を紹介すると、こんどは兎月を指して、

「彼は私の友人で函館山の宇佐伎神社にいらっしゃる兎月さんです」と言った。どちらも英語で言われたので、お葉も兎月も自分の名前の部分しかわからない。それでもとりあえず頭を下げておいた。

「オー、ラビット！」

異国の女性が甲高く叫ぶ。兎月の懐から顔を出したツクヨミを見て言ったらしい。

「ラビットは宇佐伎神社の守り神です。人の言葉を解する賢いうさぎなので私の悪口は言わないでくださいね」

パーシバルの言葉に異人たちはいっせいに笑った。冗談だと思ったのだろう。女性たちにやたらと撫でられたツクヨミは、閉口した様子で兎月の懐深く潜った。

「満月堂のお菓子、おいしいです。ワタシも好きです」

お葉はパーシバルに紹介された異人たちに日本語で話しかけられ、とまどいながらも愛想良く答えていた。異国の女たちのドレスに比べれば地味かもしれないが、雪輪模様の水色の着物はお葉の凜（りん）とした美しさを引き立てていた。

一方の兎月は相手が異人だと思うとどこか構えてしまい、さかんに話しかけてくれるのに「ああ」とか「うう」くらいしか答えられなかった。

そもそも神社でなんの仕事をしているかと言われて説明できるものではない。怪ノモノを斬っているのだと言って通じるのだろうか？

「彼は、教会における、悪魔祓いのようなことをしています」

パーシバルがよけいな助け船を出してくれたせいで、質問が多くなる。兎月は酒に酔ったと言い訳してパーティ会場から庭へと逃げた。

「まいったな」

庭は一部西洋風に作られ、日本では見たことがないような植物も植えられていた。季節が季節なだけに花はないが、金色の三角形をした木がたくさん伸びている。

「そういや、部屋の中にもこれと同じ木がたくさんあったな」

「ファーツリーです」

傍らで小さな声がした。振り返ると十七、八くらいに見える少女が、毛皮の襟巻を身につけて立っていた。

波打つ髪は彼岸花のように赤く、白く小さな顔の上に眼鏡が乗っている。分厚いレンズの下で晴れた空のような瞳が瞬いた。

「おお……えっと、あんたは」

「マリー・クレーズです。こんばんは」

マリーは流暢な日本語で挨拶をし、ドレスの裾を摘まんで身を屈めた。兎月もあわてて頭を下げる。

「宇佐伎神社の兎月だ」

「ファーツリーはクリスマスに飾る木です。いろんな飾りをつけて、根元にプレゼントを置きます。ワタシたちはクリスマスツリーと呼んでいます」

「ふうん、日本の門松みたいなもんか」

ひょいと懐からツクヨミが顔を出す。相手が一人なら大丈夫かと思ったらしい。マリーの顔がぱっと輝いた。

「ラビット！　なんてかわいいの?!」

「こいつはツクヨミだ。神社の神サマだ」

「マスコットね、すてき。抱いてもいい？」

「どうする？」

兎月は懐に手を入れてツクヨミに聞いた。うさぎが頭を上下に振ったので、片手で抱いてマリーに渡す。

「わあ、あったかい、柔らかい。ふわふわね！」

マリーはうさぎを抱いて頬をすり寄せた。そんな仕草は案外幼く、もしかしたら見た目より子供なのかもしれない。

「ずっと庭にいたのか？　寒いぞ。部屋に戻ったらどうだ？」

「お庭で髪飾りをなくしちゃったみたいで捜していたの。お部屋にいてもつまらないんですもの。ダディは他のお客様とお仕事の話ばかりだし、それにワタシ、……みっともないから」

マリーはだんだんうつむいて、最後の言葉は自嘲気味に放られた。

「みっともない？」

「こんな眼鏡でパーティだなんて……恥ずかしくて。でも眼鏡をかけないと人の顔も見えなくて」

マリーは眼鏡のブリッジを押し上げ、うさぎの赤い目を見つめた。

「あんたは別にみっともなくなんかないぞ？」

「あら」

マリーはうさぎの頭に鼻をつけて、うふふ、と笑った。

「ありがとう、ミスター・兎月。ワタシ、日本の方とこんなにお話ししたの初めてよ」

「それにしちゃ上手にしゃべるじゃないか」

「日本語を勉強するくらいしかないんですもの。お友達もいないし、ダディはお仕事ばかりでかまってくれないし」

少女の寂しそうな顔に、やはり子供なのだと思う。子供が同じ年頃の友人もいない異国で暮らすというのは辛いことだろう。

兎月は彼女の背後に咲いている白椿の花に手を伸ばした。

「ほら、髪飾りの代わりにこれはどうだ？　いつまでも捜していると体が冷える。大事なものならあとでパーシバルに捜すように頼んでおいてやる」

マリーは兎月から椿の花を受け取り、それをうさぎの頭につけてみた。

「ありがとう、こっちの方が素敵だわ」

「じゃあ屋敷に戻ろう」

マリーは兎月のそばに寄ると、唇に笑みを湛(たた)えながら見上げてきた。

「ねえ、ジンジャーって教会みたいなところでしょう？　やっぱり子供がうまれたら洗礼をするの？」

「洗礼がなにかはしらんが、子供がうまれたら赤ん坊を連れてお宮参りはするな。そのあとも七五三と言って、三歳や五歳、七歳で神社に参りに来るよ」

「ふうん、こんどワタシも行ってみていい？」

「ああ、かまわんよ。雪が降る前に函館山に来てみるといい。雪が降ってからはパーシバルがこの店に作ってくれた仮社があるからそこでもいい」

「この子もいるの？」

「そうだな」

兎月はマリーの腕の中のツクヨミを見た。すっかり気に入ったらしく、満足そうに抱かれている。

「たぶん、いる」

「ラビットはなにを食べるの？　春ならたんぽぽ(ダンデライオン)だけど……」

「こいつはビスキュイやスコーンが好物だ」

「ええっ？　ほんと!?」

マリーは青い目を丸くしてうさぎを両手で高く抱き上げる。

「ワタシもビスキュイ大好きよ！　今度焼いてきてあげるわね」

ツクヨミは嬉しそうに耳をパタパタと動かす。マリーは「かわいいっ」と叫んでぎゅっとうさぎを抱きしめた。

「兎月さん、兎月さん」

屋敷の方からお葉の呼ぶ声が聞こえた。庭に下りてきたらしい。

「ああ、こんなところに……あら？」

お葉は兎月のそばにいるマリーを見て目を見張った。異国の女性が一緒にいるとは思わなかったらしい。

「お葉さん、この娘さんはマリーさんだ」

「こんばんは」

マリーは膝を屈めて挨拶した。お葉も両手を前で揃えて頭を下げる。

「お葉でございます……兎月さん、マリーさん、お部屋でなにか催し物があるようですよ。パーシバルさまがぜひ楽しんでくださいと」

「ああ、今、戻るところだ」

な？と顔を見るとマリーはうなずいて兎月にうさぎを返した。それから白椿の花を大事そうに髪に差す。赤い髪に白い花が映えてとても美しかった。

部屋の中は笑い声と拍手に包まれていた。客の一人がカードを使った奇術を行っていたのだ。そのあとは詩の朗読や、短い噺(はなし)、ヴァイオリンの演奏と続いた。

「まあ、見て。ミス・お葉。あの方のドレス、素敵じゃない？」

「本当。なんて美しい青い色でしょう。裾に行くほど紫色になって！」

「わあ、カードが全部絵札になったわ！」

「不思議ですねえ、これ、まじっくっておっしゃってました？」

お葉とマリーはすっかり打ち解け、兎月の前で笑いながら話している。知り合いがいなくて不安そうだったお葉の笑顔を見て、兎月も嬉しかった。あとでお葉に聞いたところ、マリーは実は十四歳だとわかった。

「ミス・お葉の髪は真っ黒できれいね。とても情熱的に見えるわ」

「この国の人間はみんな黒い髪ですわ。わたしはマリーさんの髪の方がきれいだと思いますよ」

「だめよ、こんな赤毛。子供っぽくて嫌だわ。ああ、ワタシもあの人みたいにきれいなブロンドだったらなあ」

マリーはヴァイオリンを弾いている女性を見つめて言った。

「いつか金色に染めたいと思っているの。でなければかつらを使って……」

「そこの日本人にもなにかやらせてみてはどうだ？」

ワインを飲み過ぎたのか、顔が真っ赤になっている太った男が兎月を指さした。マリーとお葉は口を押さえ、心配そうな顔で兎月を振り返る。

「日本のエクソシストかなにかしらんが、悪魔を追い出してみろ」

わめく男にパーシバルが穏やかな笑みを向けてワイングラスを渡そうとした。

「困りましたね、ミスター・トマソン。今夜はクリスマス・イブ、聖夜です。悪魔などいるわけがありません。さあ、乾杯しましょう」

だがトマソンはパーシバルのグラスも遮って続けた。

「そもそもなぜこんな得体のしれない男を招待したのだ、ミスター・パーシバル。東洋のサルなどわれらの物真似をするしか能がない民族。同じ屋根の下にいることすら耐え難い。常々あなたの日本びいきは度が過ぎていると思っているのだが」

英語の会話なので兎月には理解できないが、不思議なことに罵倒されているということはわかる。

「マリー」

兎月は横にいる少女にそっと声をかけた。

「あいつはなにを言ってるんだ？」

「……ミスター・兎月になにかさせろって」

マリーは申し訳なさそうな顔で答えた。

「ミスター・トマソンはミスター・パーシバルの商売敵だってダディから聞いてたわ。

ミスター・兎月を悪く言うことでミスター・パーシバルの印象も悪くしようとしてるんだわ。ひどい人！」

「へえ」

兎月はにやりと人の悪い笑みを浮かべた。

「どんな国にでも器の小せえやつはいるんだな。いいぜ、見せ物になってやろうじゃねえか」

兎月はすたすたとパーシバルのもとへ行った。

「兎月サン」

「よお、パーシバル。こいつは俺の芸が見たいって言ってんだろ？」

「兎月サン、不愉快な思いさせてゴメンナサイ。ここはワタシが……」

「いや、俺に任せとけよ。せっかく招待してもらったのに、礼ができないんじゃ男がすたる。通訳してくれ」

パーシバルは困った顔をしたが、トマソンに向けて早口でなにかを伝えた。トマソンは「オウ」と大げさにのけぞってみせた。

「それはすばらしい、なにを見せてくれるんだ」

英語だ。トマソンは貿易相手の国の言葉を覚える気もないようだった。

「俺が目隠しをするからあんたは俺に殴りかかってこい。一発でも当てたら俺は自分の腹を斬ってやるよ。逆に俺が目隠しのまま手も使わずにあんたをひっくり返したら、あんたはパーシバルに謝るんだ」

兎月の言葉を聞いたパーシバルは驚いた顔をした。なかなか訳さないので兎月は彼のすねを蹴った。

パーシバルがしぶしぶといった様子で訳す。「ハラキリ」と言う単語が出てパーティ会場はざわざわした。お葉は真っ青になり、抱きついてきたマリーの手をぎゅっと握りしめた。

「用意はいいぜ」

兎月は手ぬぐいで目を覆うと、両手を懐に入れ会場の中央に立った。周囲のテーブルや椅子は避けられ、紳士淑女たちの檻ができる。

トマソンは上着を脱ぎ、赤い顔のままパキパキと指を鳴らした。

「悪いが俺は昔レスリングをやっていたんだ」

その言葉をパーシバルは訳さなかった。だが、自信たっぷりな言葉の調子で、兎月は相手が腕に覚えのある人間だとわかった。

「パーシバル、合図をくれ」

兎月が言うと、パーシバルはもうすっかり覚悟を決めたらしく、二人の男の間に立って両手を開いた。

「では、」

パンッとパーシバルの手が打ち合わされた。同時にトマソンが突っ込んでくる。だが、兎月はその拳を鼻先でかわした。

「うおっと」

勢いあまってトマソンが壁にぶつかる。だがすぐにくるりと身を翻し、兎月に腕を振り上げた。

「……」

だが、兎月は二打目も避けた。トマソンはつんのめって人の輪に飛び込む。異人たちが笑いながらトマソンの体を押し返した。

「ウオオォッ！」

トマソンは吠えたが今度はすぐには突っ込まなかった。ぐるぐると円を描いて兎月の周りを回る。二度で懲りたのか、足音を立てないようにつま先立って歩いた。

兎月は懐から手を出さないまま涼しい顔で天井を仰いでいた。

「……ッ」

トマソンは声を出さないようにして兎月に襲いかかった。だが、またしても兎月はそれをぎりぎりで逃れる。それどころか足を出してトマソンをひっかけた。トマソンの巨体は大きな音を立てて床に転がった。

「勝負あった！」

パーシバルが大きな声で言った。とたんに会場内に拍手があがる。お葉とマリーは手を取り合って喜んだ。

「よかった、終わったんですね」

「ミスター・兎月！　素敵だわ！」

「さあ、ミスター・トマソン、あなたの負けだ。男らしく認めなさい」

パーシバルが床に倒れたままのトマソンに声をかける。トマソンは酒の赤さとは違う色で顔を染め、手ぬぐいを外した兎月を睨みつけた。

「イ、イカサマだ！　その手ぬぐいは見えていたに違いない！」

「ミスター・トマソン、見苦しいですよ」

「いかさまだって？」

マリーから訳を聞いた兎月は手ぬぐいを持ってトマソンに近づいた。

「それなら自分で試してみろ」

言うなり電光石火の早業でトマソンの目を手ぬぐいで覆う。

「ほら、どうだ。見えるか」

「ヤ、ヤメロッ！」

「これ以上みっともねえことほざくと、その豚鼻そぎおとしてやるぞ」

パーシバルがそれを丁寧に訳す。トマソンの赤ら顔が一瞬にして青ざめた。

「さあ、ミスター・トマソン。お帰りはあちらです」

パーシバルはトマソンを立たせると出口へと押しやった。トマソンは悔しげな顔をして、シルクハットに頭を押し込み、ステッキを振り回して出ていった。

会場にいた紳士淑女がいっせいに兎月とパーシバルを取り囲んだ。

「すばらしかった」

「どういう武術ですか」

「あなたはサムライですか」

異人たちが口々に賞賛する。兎月は彼らに懐から取り出したうさぎを見せた。

懐の中でツクヨミは、トマソンの殴りかかってくる方向を頭の中の会話で教えていた。

「こいつが教えてくれたんですよ」

事実なのだが、それを謙遜と受け取ったのか、客たちは兎月の技を褒め称えた。

「いい余興だったろう?」

兎月が言うと、パーシバルは嬉しそうにうなずいた。


トマソンを送り出した後、パーティはまた談笑の場に戻った。

大きな皿に載った異国の食べ物がテーブルを彩り、人々はそれを摘まんだり、酒のおかわりを楽しんだりしていた。

ダンスホールと呼ばれる大きな広間には、テーブルなどは置かれておらず、磨かれた床の上で西洋人の男女が音楽に乗ってダンスに興じていた。

兎月はお葉と一緒に壁に張りついて西洋人たちが踊るさまを見ていた。

お葉は目を丸くしている。無理もない。公衆の面前で、体をぴたりと寄せ合い、顔を触れそうなくらい近づけるなど、日本人のお葉からすれば破廉恥きわまりないと思える行為だろう。

「ミスター・兎月、ワタシと踊ってくださらない?」

そこへマリーがつま先立ってやってきた。

「踊る? 踊るってあれをか?」

兎月は目の前で女性の腰を抱いている男の手を見ながら言った。

「ええ、お願い」

「無理だ。すまん」

短く断るとマリーが悲しげな顔になった。

「やっぱりワタシがみっともないから……」

「そういうわけじゃねえよ、日本人はな、他人の目の前であんなふうにくっつくことは」

「兎月サン」

ぽんと肩を叩かれ、振り向くとパーシバルがにこにこと笑みを振りまいている。

「こんな可憐な少女が懸命にお願いしているのに断るなんて、それこそ日本男子のカザカミにもおけない」

「このやろう、パーシバル」

「女性から申し込むなんて、勇気のいることなんですよ？」

パーシバルは身を屈め、兎月の耳元で囁いた。改めてマリーを見ると、スカートの前で組まれた手はぎゅっと握りしめられ、裾にしわをつくっている。白い頬も真っ赤に染まっていた。

「だ、だけどよ、俺は西洋の踊りなんてしらねえぞ？」

「嘘デスね」

「は？」

「兎月さんは五稜郭（ごりょうかく）にいらしたんでしょう？　あそこにはフランス士官がいて指揮をとっていたはずデス。確かダンスの練習もしていたと聞きマシタよ」

「ブリュネ先生のことか？」

兎月は五稜郭にいたフランス軍事顧問、ジュール・ブリュネの名を出した。

「いや、そりゃ習ってた連中もいたよ、だけどあくまでお遊びだ。俺だって土方さんの命令じゃなきゃそんな」

言ってしまって兎月は口を押さえた。

「……習ってたんデショ？」

パーシバルはにんまりする。

「ちょっとだけお相手をお願いしマス。マリー嬢は同じ年頃の友人もいらっしゃらない。異国で寂しい思いをされているのデス」

さらに言われて兎月は助けを求めるつもりでお葉を見た。ところがお葉は逆に「がんばって」と言うように拳を握っている。兎月の腹の中でツクヨミも強く脚で蹴った。

確かに庭では独りぼっちの少女に同情はしたが……。

「わかったよ。だが十年ぶりなんだからな、足を踏んでもしらんぞ」

兎月がマリーを見ると、少女の頬がぱあっとバラ色に染まる。兎月は手を差し出し、その手にマリーが自分の手を重ねた。

広間の隅の方へマリーを誘導すると、兎月は左手で彼女の右手をとり、自分の右手を少女の腰に添えた。コルセットで締め上げた腰は、とてつもなく細くて驚く。

五稜郭で踊ったときは相手はみんな男だったので踊りというよりは相撲めいたところもあったのだが、本来はこんな雪のように頼りない華奢な腰が相手なのだ。

「俺は一種類しか踊り方を知らないからな」

兎月はそう言って、一歩踏み出した。

「兎月サン、とってもお上手でした！」

大汗をかきながら戻ってきた兎月にパーシバルはパチパチと拍手をした。

「よせよ。かかしがけんけんをしてるようなもんだっただろ」

教えてくれたブリュネから何度も「もっと柔らかく」だの、「もっと優しく相手を抱いて」だのさんざん言われていたのだ。相手も同じ下手くそな侍だ。互いに鬼瓦みたいな顔で睨みあって、どうして優しくなんかできるかとふくれっ面で踊っていた。

「いいえ、ほんとにお上手でしたよ。とってもきれいでした」

お葉も控えめに手を叩く。

一緒に戻ってきたマリーも軽く息を弾ませ、兎月に賞賛の目を向けた。

「ありがとう、ミスター・兎月。ワタシ、こんなに気持ちよく踊れたの初めて！　自分が羽根になったようだったわ」

「実際あんたが羽根のように軽かったんだよ。うまくあわせてくれて助かった」

「まあ、そんな……」

マリーが恥ずかしそうに頬を両手で覆う。

踊っている当人の兎月にはわからなかったが、刀を振って鍛えた背筋は背をまっすぐに維持し、五感すべてに行き渡った神経は動きを音楽に乗せた。十年経っていると兎月は言ったが、その間は眠っていたようなものなので、五稜郭でダンスを教わった記憶はまだ鮮明に残っている。

要するに、日本人にしてはうまくワルツを踊れたということだ。

（……兎月）

頭の中にツクヨミの声が聞こえた。

「あ？　なんだ？　菓子か？」

兎月は答えてテーブルの上に菓子を探したが、強く腹を蹴られてしまった。

（違う！　なにか妙な気配がするのだ）

「妙な気配？　まさか怪ノモノか？」

（いや、それが……よくわからぬ。隣の部屋だ。パーシバルと一緒に移動してくれ）

兎月は腹の中のうさぎを手で押さえると、別な男と話をしているパーシバルのそばに寄った。

「すまねえ、パーシバル。ツクヨミが隣の部屋が妙だと言っている。一緒に来てくれ」

「ツクヨミサマが？　わかりまシタ」

パーシバルは相手に断るとすぐに兎月と一緒に移動した。それを見てお葉とマリーもついてゆく。

隣室はこぢんまりとした広さで、壁にはたくさんの本が収められた書棚が並んでいた。座り心地のよさそうなソファやカウチが置いてあり、床には大きな熊の毛皮が敷かれている。書斎という部屋だとあとでパーシバルが教えてくれた。

数人の男女が書斎のテーブルに集まっていた。彼らの前に立つのはもみあげから顎にかけてこわいひげを生やした恰幅のいい男性だった。彼は得意げに取っ手のついたケースを見せている。ケースの大きさは半紙くらいでさほど大きくはない。厚みもたいしてなさそうだ。

（あれだ）

ツクヨミが遠慮なく兎月の腹を蹴る。ううっと兎月は身を屈めた。

「……おい、ちっとは加減しろよ」

「彼はミスター・アシュレイです。日本で金の売買を行っているものですが」

（あやつ、なにを持っているのだ？）

アシュレイは部屋の人間の興味が十分に集まったと見ると、ようやくケースを開いた。中に入っていたのは手鏡だった。

「最近おもしろいものを手に入れたと言っていたので、パーティの余興に見せてほしいと頼んだのですが」

（余興？　とんでもない。あれは邪悪だぞ）

白っぽい金属、おそらくは銀で作られているのだろう。持ち手の部分や裏面はよく手入れされて輝いていた。だが、鏡の部分は黒く濁り、なにも映らない。

奇妙なことに鏡には、やはり銀でできた鎖が幾重にも巻きつけられている。まるでそうしていないと鏡がひとりでにどこかへ行ってしまうとでもいうように。

「さあ、ご覧なさい」

アシュレイはその鎖が巻かれた鏡を高々とかざした。

「これはなんと、かのルイス・フロイスが日本に残したとされる鏡です」

おお、という声が部屋の中に挙がった。その声は感嘆と畏怖を含んでいる。

「なんだって？」

英語で話されたので兎月にはわからなかった。隣に立っているパーシバルに尋ねる。

「あの鏡はルイス・フロイスの持ち物だったと言ってマス」

「ふろいす？　誰だ？」

「日本に初めてキリスト教の布教にいらした宣教師デス」

パーシバルは兎月の顔を見て、自分の言葉がそれほど心に響いていなかったと知ったらしい。いたずらっぽい笑みを浮かべて囁いた。

「織田信長（おだのぶなが）に会ってキリスト教布教の許可をいただいたこともある方デス」

「信長?!　そりゃすごい」

兎月は改めて鏡を見た。女性が持つような小さな手鏡だ。鎖が十字を描くように巻きつけてあるのは不気味だが、鏡自体は装飾も繊細で美しいものだった。

(あの鏡……禍々（まがまが）しい、ひどく邪悪な、大きな力を感じる)

兎月の懐でうさぎはぶるぶると体を震わせた。

「怪ノモノじゃねえんだろ？」

(うむ。我にもよくわからぬ。異人の持ち物ならばあの中には異国のナニカが封じられているのかもしれぬ)

鏡を見ている客たちの中からなぜ鎖が巻いてあるのかという質問が出た。確かにあの鎖は鏡に似つかわしくない。

「理由はわからないが、この鎖は決して外してはいけないと伝わっています。もしかしたら悪魔を封じてあるのかもしれないですね」

アシュレイは芝居がかった口調で客たちの鼻先に鏡を突きつける。

その言葉に客たちはいっせいに身を引く。パーシバルはそれも丁寧に兎月に教えてくれた。

(なるほど。魔が封じられているのか。ならばあの禍々しさもうなずける)

うさぎはシッと歯を剥き出す。

(こんな場所へ持ってくるものではないぞ。あれはすぐに箱に戻してしまい込んでおかねば。できれば商人ではなく、力のある宗教者に預けた方がよい)

兎月はツクヨミの言葉をパーシバルに伝える。パーシバルも眉を寄せ、苦い顔で鏡を見つめた。

「わかりました。のちほど氏にそう伝えましょう。ツクヨミサマが感知されるほど力のある魔なのなら、危険です」

パーシバルは兎月の耳元でこっそりと言った。

「実はワタシもこの部屋に入ってから頭が痛むのです。あれのせいかもしれません」

異国の巫、ドルイドの血を引くパーシバルだ。なにか感じるものがあるのかもしれない。

ツリーの立っている大広間で歓声と拍手が上がり、みんなの意識がそちらに向いたところで、アシュレイは鏡をケースに戻した。

パーシバルはすぐに彼に近づくと、真剣な顔でなにか話しかけた。だがアシュレイの表情を見るに、パーシバルの言っていることを本気で聞いているとは思えなかった。

彼にしてみればこの鏡は歴史的な価値の他は、こうしたパーティで耳目を集める道具にしかすぎないのだろう。

「ミスター・兎月、広間でローラ夫人が歌を披露されるそうです。行ってみませんか?」

マリーが兎月の着物のたもとを引いた。

「ね、行きましょう……ミス・お葉にもローラ夫人の歌をお聞かせしたいわ」

お葉まで引きあいに出されたら行くしかない。兎月はパーシバルとアシュレイにちらっと視線を向けたが、まだ話は終わらないようだ。

兎月はやや強引にマリーに引っ張られて大広間へ入った。お葉は後ろから心許なげな顔でついてくる。

大広間にはピアノが置かれ、白いドレスの大柄な女性が中央に立っていた。

「あの方がローラ・グエンドリン夫人。元はイギリスの有名な歌手だったの。ご主人のグエンドリン氏ととても情熱的な恋愛をして、歌姫の座を捨ててアメリカにいらしたんですって」

マリーはうっとりとした顔で美しい歌姫を見つめた。

「国も名誉も捨てる恋なんてどんな感じなんでしょう。ミスター・兎月はそんな恋愛はなさったことがあって？」

「れ、恋愛？　そりゃつまり惚れたはれたってやつか？」

答えに困ってお葉の顔を見る。おませな娘をたしなめてくれるかと思ったが、お葉も興味深そうな顔で兎月の顔を見返しているだけだ。

「俺にはそんな暇はなかったからな。お葉さんに聞いてみな。亡くなったご主人の遺志をついで一人で店をきりもりしてんだから、さぞや情熱的な話が聞けるんじゃねえか？」

兎月が無責任にお葉に放ると、お葉は顔を赤くしてぶるぶると首を振る。マリーは兎

月とお葉を両方見て、

「日本の方はそういうお話が苦手なんですね」と不満そうに呟いた。

「それよりほら、始まるみたいだぞ」

兎月が促すと、マリーは中央に目を向けた。ぽーんとピアノの鍵盤がひとつ弾かれ、そのあと、美しい歌声が歌姫の唇から流れ出した。

その声はまるで金の糸に月から滴るしずくが弾かれているような、澄んだ、そして深い響きを持っていた。旋律は屋敷のすみずみに届き、そこにいる誰もがその声に魅了された。

「まあ……」

お葉は胸の前で手を組んだ。

「なんてすてきな……なんて美しい……」

異国の歌など初めて聞いたのだろう。お葉は今にも空にでも舞い上がりそうな顔をしていた。

「確かに、すごいな」

兎月は五稜郭でフランス人たちが歌う歌を聴いたことがあるが、まるで別物だった。

「なんてきれいな声かしら」

マリーは目に涙を浮かべた。

「こんなきれいな声でこんなにすばらしく歌えるなんて、どんな気持ちなんでしょう。ああ……ワタシにもこんな声があれば……」

一曲目が終わり、客たちは心から拍手をした。ローラは婉然たる表情を浮かべ、次の曲を伴奏者に指示する。

再び美しい旋律が部屋に溢れた。

しかし、兎月はその曲を聞くことはできなかった。二曲目が始まる前にツクヨミが腹を蹴ったのだ。

(兎月！　怪ノモノが出た！)

二

兎月は夜の町を走っていた。師走も末となれば町はまるで氷の底に沈んだように寒く、人どころか犬の姿さえ見えない。

「怪ノモノは三体、うち一体は我のうさぎたちが取り押さえた。残り二体が麓へ下りてしまったらしい」

「どの辺りかわかるか？」

「わかる。右だ」

町と町をつなぐ木戸はかろうじてまだ開いている時間だ。戻るときに閉まっていたらどうするかな、とチラと考えたが、パーシバル商会の名を出せば通れるだろう。

「兎月、上を」

ツクヨミに言われて顔を上に向けると、月の明るい夜空の中を白い星のようなものが尾を引いて何筋も走っている。

あれは兎月以外には視ることができない、神使たちの軌跡だ。あの先に怪ノモノがいる。

「とりあえず一体一体潰すぞ」

白いうさぎの神使たちは、黒い煙のような怪ノモノにまとわりつき、その体を空から地面に引きずり下ろした。そこに兎月が駆け込む。

「よくやった！」

うさぎに声をかけると数羽が耳を立たせて振り向いた。

『アサメシマエ！』

『ヨルダケニナ！』

黒い煙はとぐろを巻き、蛇のように鎌首をもたげた。

「来いっ！　是光！」

兎月が呼ぶとその手の中に愛刀、是光が現れる。月の光を受けて白く輝くその姿に、怪ノモノはたちまちとぐろを解いて逃げ出した。

「待て！」

怪ノモノが塀のそばに積まれた用水桶の陰に逃げ込む。真っ黒なだけに、闇に紛れると見えなくなる。

「くそっ、火を持ってくればよかった」

兎月がぼやいたとき、背後にぽうっと明かりがともった。ぎょっとして振り向くと、青白い炎が浮かんでいる。

「狐火だ」

ツクヨミが嬉しげに言った。用水桶の向かいに稲荷の祠があった。その隣に赤い着物の女が立っている。

「豊川！」

「さあ、さっさとやっちまいな」

豊川は白い頬に艶やかな笑みを浮かべて兎月に言った。

「おうよ！」

狐火に照らされて怪ノモノの姿がくっきりと浮き上がる。逃げられないと悟ったそれが兎月に向かって飛びかかってきた。

「山へ帰れ！」

兎月はそれを正面からまっぷたつに斬った。ふたつになった怪ノモノはそれぞれが身をよじりながら、消えてしまった。

「助かった、豊川」

「あんたを手伝うって約束したからね」

豊川は懐手をしながら微笑んだ。

「ついでにもう一体は富岡町の方へ飛んでいったとあたしの妹から連絡があったよ」

「なんだ、逆戻りか」

兎月は手から是光を離した。走るのに抜き身の刀は邪魔になる。

「この調子なら山を下りてもなんとかなるかな」

兎月は走りながら懐のツクヨミに言った。

「そうだな。問題は木戸だな。木戸が閉まっているときに町を探索するのはむずかしい」

「神サマの力でなんとかならないのか」

「神は人間の法には介入できん。だが、なにか考えてみよう」

富岡町の方まで来ると、豊川が先回りしていた。稲荷は各辻に祀られている祠を伝って瞬時に移動することができる。

「どっちだ?」

「空を東に飛んであの屋敷に入ったようだよ」

豊川の白い指が差す屋根を見て、兎月は眉をぎゅっと寄せた。

「ありゃあ……」

パーシバル商会の屋根だった。


パーシバル邸では変わりなくパーティが続けられていた。笑いさざめき、酒や食事を楽しむ人たちを前に、兎月は呼吸を整え、殺気を消した。

歌姫の歌は終わったらしい。大広間ではピアノを嗜んでいる人々が代わる代わる好きな曲を弾いていた。

「兎月さん」

お葉が気づいて小走りに寄ってきた。

「どこへ行ってらしたんです?　途中で急にいなくなるから、マリーさんがとても寂しそうでしたよ」

「ああ、すまねえ。ちょっと用事ができて抜け出していた。それより」

兎月は周囲を見回した。

「なにか変わったことはないか？　急に客の様子が変わったとか、暴れるやつが出たとか」

お葉はきょとんとした顔で首を振った。

「いいえ、そんなことはありませんでしたよ」

「そうか。パーシバルは？」

「ごめんなさい、ちょっとわかりません」

初めて来た屋敷だし広い建物だ。お葉がパーシバルを見失っても無理はない。しかし、この屋敷の辺りで怪ノモノが消えたことは伝えておかないとまずいだろう。

(兎月、我はさっきの鏡が気になる)

人が大勢いるのでツクヨミは頭の中へ語りかけてきた。

(怪ノモノがアレと接触したらまずい気がする)

「そうか。ならやはりパーシバルを捜さないとな」

ツクヨミとの会話を聞いていないお葉は心細そうな顔をした。無理もない。この異国の屋敷で知っている人間は兎月とホストのパーシバルくらいなのだから。

「お葉さん、パーシバルを見つけたらすぐに戻ってくるよ」

兎月が力強く言うと、少しだけ安堵の息を吐いた。


ホールを出て書斎を覗き、居間を通り抜けたがパーシバルはいなかった。兎月は来たときに飲み物を渡してくれた娘を見つけて尋ねた。

「パーシバルを見かけなかったか?」

「旦那さまならさきほど台所にいらっしゃいました」

娘ははきはきと答えた。日本人の兎月に親しみをこめた笑顔を向ける。

「台所か。盲点だったな」

まさか一家の主人が台所などにいるとは思わなかった。

娘に台所の場所を聞き足を向けると、廊下をパーシバルがこちらに歩いてくるのを見つけた。手には漆の盆を持ち、その上にガラスの器が載っている。

「パーシバル、探したぞ」

「ああ、すみません、兎月サン」

パーシバルは兎月の大声にも笑顔で返した。

「なにやってんだ、主が」

「マダム・ローラがちょっと具合が悪いとおっしゃるので、台所でレモネードを作っていたのデス」

パーシバルは手に持った盆を見せた。黄色く色づいた泡の立つ飲み物が載っている。

「おまえが行くことか？」

「家のものにはまだレモネードの作り方を教えていないのデス。それにこのくらい、あの天使の歌声のお礼にもなりません」

「それよりな」

兎月は怪ノモノの一体がこの屋敷で消えたことを話した。パーシバルは顔色を変えた。

「そんな。この家のどこかに悪霊がいると言うのデスか」

「この屋敷の辺りで消えたというだけで確実じゃないんだが、一応耳に入れておこうと思ってな」

「そうですか、ありがとうございマス」

廊下を進んでいくと向こうの突き当たりをマリーが横切っていくのが見えた。頭をまっすぐに上げ、急ぎ足だ。兎月とパーシバルがこちらにいるのも気づいていないようだった。目が悪いというから、もしかしたら見えなかったのかもしれない。

マリーを見たせいで思い出したのか、パーシバルが、

「五稜郭ではダンスはよくおやりになってマシタ？」と聞いてきた。

「冬の間は暇だったんでな。銃や砲術訓練の間にブリュネ先生や他のフランス人が西洋画を教えたりダンスや歌を教えたりしてたよ。俺はいやだって言ってたのに、土方さんが、おまえは上背があるから映えるだろって習わせたんだ」

兎月は苦虫を嚙みつぶしたような顔で答える。

「ほう」

「あの人は俺が習っているのをにやにやしながら見てたよ……」

五稜郭に立てこもった人間たちの結束は固かった。徳川のためというより、侍の意地と矜持で結ばれていたと思う。

日本から見捨てられたという思いもあった。辺り一面なにも見えなくなる白魔の吹雪に閉じこめられた夜には、叫び出したいような焦燥や寂寥に襲われた。

そんな中で互いに助け合い、支え合い、教え合って日々を過ごした。笑うことだけが命をつないだ。

春になれば、と誰もが希望をつないでいた。新政府が北海道独立を認めれば自分たちの国ができる。夢物語を信じようとしていたのだ。

「土方サンもダンスをしましたか？」

「あの人は部下たちにダンスをさせようとして自分から率先してやってたよ。自分のできないことをやらせるような人じゃなかったからな」

兎月の脳裏に五稜郭のホールを行き来する長靴(ブーツ)の軌跡が甦った。

「それに自分が踊ればみんなおもしろがって笑うだろうって思ったらしい。でも上手すぎて誰も笑えなかった。ブリュネ先生と土方さんのダンスはそりゃあきれいだったよ」

聞き慣れぬ洋楽に乗ってホールの中を流れるように踊る。日本の踊りとはまったく違うが、優雅で楽しげで、壁に突っ立っていた兎月の前をよぎっていったときの白い横顔が印象的だった。

思い出の中に面影を追っていた兎月の顔を、パーシバルはまじまじと見つめた。

「なんだよ」

視線に気づいて兎月が睨む。

「いえ、兎月サン、とても優しいお顔してマシタ。いつもそんなお顔なら、とても女性にもてマスのに」

「よけいなお世話だ」

兎月は自分の頬をペシペシと叩いた。

パーシバルと兎月はパーティ会場から少し離れた小さな部屋の前に立った。パーシバルが盆を左手に持ち、右手でノックをする。

「マダム・ローラ、飲み物をお持ちしましたよ」

返事はない。パーシバルがノブに触れるとドアは内側に自然と開いた。

「失礼します、マダム」

部屋に足を踏み入れたパーシバルの手から盆が落ちた。そこには三つの死体があった。

マダム・ローラはカウチにもたれかかり、胸と首から血を流している。その夫ミスター・グエンドリンは床の上にうつ伏せに倒れていた。体の下に血が広がっている。金融商のアシュレイは壁に寄りかかり胸から血を流していた。

「これは——」

兎月の懐からツクヨミが飛び出した。血塗(ちまみ)れの死体に近づき、匂いを嗅ぐような仕草をする。

「みんな、刃物で殺されている」

うさぎは兎月とパーシバルに言った。

「まさか怪ノモノか?」

「わからぬ。とにかく護兵——ああ、今は巡査か、それを呼べ」

「医者は……」

パーシバルがカウチに寄りかかっているローラの手を取って言った。

「無駄だ。みんな死んでる」

兎月は傷口を改めた。三人とも刃の短い得物で突かれている。ローラの左胸は血でひどく汚れていた。

「匕首（あいくち）か、ナイフだな」

「なんてことデスか！」

パーシバルは急いで部屋を出ていった。

「ツクヨミ、見ろ」

兎月は手を振ってうさぎを呼んだ。近づいたうさぎはぎょっとしたように耳を立てる。

床の上にあの銀の鏡が落ちていたのだ。

「おまえが気にしていた鏡だ」

「……鎖がない」

ツクヨミの言うように、鏡に巻きついていた鎖がなかった。兎月が見回して、倒れた男の足の上に落ちているのを見つけた。

「おかしい。さっき感じた禍々しさがない」

ツクヨミは鏡の表面を覗き込んで言った。すっかり曇った鏡面は白いうさぎの姿もぼんやりとしか写さない。

ツクヨミは鏡の持ち手を両手で持って、裏表とひっくり返した。鎖で縛られていたときはわからなかったが、裏面に細かく文字が彫ってある。もちろんツクヨミには読めない。

「これはただの鏡だ」

兎月は男の足の上から鎖を拾い上げた。鎖には血がついている。鏡をツクヨミから受け取ると、鎖と一緒にテーブルの上に置いた。

「禍々しいやつが消えたっていうのか」

「おそらく鎖が封印の役目を果たしていたのだ。それが解かれた。ばかなことをしたな」

兎月はカウチに近寄り歌姫の死体を見つめた。ローラは目を閉じ、少し口を開けていた。さっきまでこの唇からこの世のものとも思われない歌声が響いたのに。今はもう、聞けるのはあの世のものたちだけか。

首の傷は無惨だった。大きく切り裂かれ、骨まで見えている。ただ、胸の傷が致命傷だったのか、喉からの出血はさほどでもなかった。

兎月は床に落ちていた歌姫のショールを拾おうと身を屈めた。首の傷口を隠してやろうと思ったのだ。

「ん？」

そのとき、ショールの下に白い椿の花があることに気づいた。

「これは」

マリーに摘んでやった花じゃないのか？　マリーはこの部屋に来ていたのか。

廊下を横切っていったマリーの姿を思い出した。彼女は動揺もしておらず、怯えてもいなかった。この凶行はマリーが部屋を去ったあとに行われたのか？　それにしては時間がなさすぎる……。

「兎月！」

ツクヨミが短く叫んだ。

「怪ノモノを感じた。来い！」

部屋を飛び出してゆくうさぎの白い尾。兎月はショールを歌姫の顔にかけると、あとを追った。

三

ツクヨミうさぎが飛び込んだのはダンスホールだった。そこは静かな恐怖に満たされていた。

中央に男女がいる。

二人はダンスを踊っているのではない。男は女性を抱き寄せ、その首に血塗れのナイフを突きつけていた。

「……トマソン」

青ざめて蠟のようにこわばった顔をしたトマソンが、マリーを羽交い締めにしていた。

マリーは恐怖で目と口を大きく開けている。眼鏡は足下に落ちて割れていた。

「ミスター・兎月……助けて……」

マリーは掠れた声で囁き、トマソンが「黙れ（シャラップ）！」とナイフを首に押しつける。白い肌に赤い線が現れた。

「やめろ！　豚野郎！」

「日本人（ジャップ）」

トマソンは兎月に向かって嗤った。

「さっきの礼をしに来たぞ」

言葉はわからなかったが言われている意味はわかった。

(兎月、あいつ怪ノモノに取り憑かれている)

うさぎが兎月の袴の裾に隠れて言った。

(まさか異人に憑くとは)

トマソンの持つナイフだけではない、その手も服の袖口も胸元も、血に染まっていた。

「おまえがあの三人を殺したんだな」

「野蛮な言葉をさえずるな。こっちへ来い」

トマソンはナイフをマリーから離すとそれで兎月を招いた。

「俺が殺したいのはおまえだけなんだ。あの三人は運が悪かった」

「おまえが恨みを持っているのは俺だけなんだろ。なんであの三人を殺した」

互いに相手には通じない言葉で話す。兎月はゆっくりとトマソンに近づいた。

「あの部屋に忍び込んで機会を窺っていたんだ。そうしたら連中がやってきて俺はカーテンの中に隠れた……グエンドリンがアシュレイに鏡を売ってくれと話していた……あの鏡……カーテンの陰から見ていた。鏡が光って……」

トマソンはぶるぶると首を振った。汗が顔中ににじんでいる。

「あいつらは俺に気がついて人を呼ぼうとした。だから殺した……ローラ、グエンドリン、アシュレイ……殺すつもりなんてなかったのに……脅すだけだったのに……」

トマソンの告白に周囲がどよめく。彼の全身に散っている赤い色がなんの色なのか理解したのだ。

（兎月、あいつが鏡の鎖を解いたのだとすると、怪ノモノの他にも異国のナニカがいるかもしれんぞ）

兎月の袴の下に隠れているツクヨミが語りかける。

「あいつ、なにかブツブツ言ってるが、おまえにはわからねえか？」

（なんとなくわかる。三人を殺したのは確かにやつだ）

兎月はトマソンの腕が届くか届かないかのところで立ち止まった。

「マリーを放せ」

「しゃがめ（Get down）！　膝をつけ（Take a knee）！」

トマソンは叫びながらナイフを持った手を下に振る。兎月はのろのろとした動作で片膝を立て、しゃがみこんだ。

トマソンはマリーを抱えながらじりじりと近寄ってきた。ナイフはマリーの首から離され、兎月に向いていた。

トマソンの靴のつま先がすぐ目の前に来たとき、兎月の袴の中に隠れていたツクヨミが、その顔めがけて跳躍した。

「うわっ！」

大振りしたナイフがうさぎの脇腹を掠めたが、狙いは過たず、うさぎはトマソンの鼻に頭をぶつけた。

同時に兎月も床を蹴り、男の腕からマリーを引きはがした。

「女を盾にとるなんて男の風上にもおけねえ」

マリーを見守っていた観衆の方に押し出すと、鼻を押さえているトマソンに向き直った。

「やめろ！　来るな！」

トマソンはナイフを振り回しながら叫んだ。

「今すぐ真人間にしてやるからな」

兎月は右手を伸ばし、是光を呼ぶ。取り囲んでいた異人たちは兎月の手の中に突然刀が現れたことに驚いた。兎月は柄を摑むと無造作にそれを振り下ろす。きゃーっと女性の悲鳴があがった。

トマソンの大きな体が床に倒れ、ひどい音がした。

「人殺し！」

「日本人がアメリカ人を殺した！」

西洋人たちはパニックになった。そこへパーシバルが飛び出し、倒れたトマソンの体をパタパタと叩いた。

「大丈夫です、ミスター・トマソンは気絶しているだけです。兎月サンは斬っていない」

パーシバルは英語でそう叫んだ。

「兎月サンは斬る振りをして、ミスター・トマソンを驚かせただけなんです。ほら、血も出ていないでしょう？」

手際よく、パーシバルがトマソンの体を起こして見せると、観衆はようやく落ち着いた。

「どなたか手を貸してください。ミスター・トマソンを隔離します」

何人かの紳士たちがパーシバルを手助けしてトマソンの体を持ち上げる。じきに警官が来るだろう。悪魔や怪ノモノに取り憑かれていたとしても、トマソンが犯した罪には違いない。

「ミスター・パーシバル……本当にローラ夫人はお亡くなりになったんですか……」

マリーが震える声で尋ねた。パーシバルは無言でうなずく。「ああ」とか「おお」とか周囲から声があがった。誰もがあの美しい歌声の主の死を悲しんだ。

「……」

うつむいたマリーの唇から小さな声が流れた。それは旋律だった。兎月は知らなかったが死者を送る聖歌だ。

マリーは両手を胸の前で組み、涙を頬に伝わらせて歌い続けた。

その声は、さきほど聞いた歌姫の声にそっくりだった。

十二月二十五日は日本人には普通の日だが、キリスト教を奉じる西洋人には特別な日だった。

この日は朝から函館中の教会の鐘が鳴った。キリストの生誕を祝う日だということを、もう兎月も知っている。

教会には朝から信者たちが集い、ミサが行われた。

前日、パーシバル商会で開かれたクリスマスパーティで三人の死者が出たという話は、西洋人の間で瞬く間に噂になった。

葬儀は明日行われる予定だ。

兎月がうさぎとなったツクヨミと教会の前で待っていると、ミサを終えたパーシバルが手を振りながらやってきた。

「グエンドリン夫妻はこの教会で、ミスター・アシュレイの葬儀は別の教会で行われることになりました」

パーシバルは黒い上着に黒いタイ、その上に赤狐の毛皮のコートを着て、つやつやした山高帽(トップハット)をかぶっている。

「あんた、どちらとも知り合いなんだろ。葬式の掛け持ちは大変だな」

「どちらも大切な友人でしたからね……。ワタシのパーティでこんなことになって、責任を感じマス」

パーシバルは金色のまつげを伏せ、暗い顔つきになる。

「あんたのせいじゃない」

「その通りだ、パーシバル。トマソンは兎月への逆恨みの心が怪ノモノを呼んでしまったのだ。あやつが邪(よこしま)な考えを抱いていなければこんなことにはならなかった」

兎月の懐からうさぎが顔を出し、慰めた。

「ツクヨミサマは大丈夫でしたか？　昨日ナイフで斬られたように見えましたが……」

「大丈夫だ。そもそもうさぎの体は神使のもの。人の力で傷つけられることはない」

かえって心配してくれるパーシバルの手を、うさぎは柔らかな前脚で叩いた。

「それからさっきミサで気になることを聞きました」

「なんだ？」

「葬儀がもうひとつ増えるそうです」

パーシバルは細い眉毛をきゅっと寄せた。

「もうひとつ？」

「はい。昨日、兎月サンが踊ったマリー……彼女の家の小間使いの女性が、今朝、死んだそうです」

「そうなのか。病かなにかか？」

「いえ、それが事故らしいんです。マリーの父上のミスター・クレーズは乗馬が好きで、屋敷に厩舎を持っていました。それは見事な馬が二頭いるんですが、今朝見に行くと厩舎で小間使いが死んでいたと。どうも馬に頭を蹴られたらしく……」

パーシバルはそっと自分の目を押さえた。

「顔が潰され、目がふたつともなくなっていたと」

「目玉が？」

朝からいやな話を聞いた。

「厩舎の中を捜したケレド見つからなかったそうです。ひどい事故です。もしかしたらこれも怪ノモノの仕業ですか？」

　ツクヨミはぶるぶると首を振る。

「いや、昨日の怪ノモノは三体だけで全部しとめた……馬はどうなるのだ？」

「蹄に血がついていた方の馬は処分されるでしょう」

「……」

　うさぎは耳を両方とも垂らし、なにか考えているようだった。

「その馬、……引き取れないだろうか？」

　やがて顔を上げたツクヨミがおずおずと言った。

「おいおい、人殺しの馬だぜ？」

　兎月が呆れて言うが、ツクヨミは首を振った。

「動物が殺意を持つことはない。動物の事故はたいていい人間の不注意だ。それに馬があれば兎月も移動に便利だろう？」

「そうだけどさ」

　たたた、と軽い足音がした。顔を上げると黒テンの毛皮を使った帽子と、コート、それにマフで両手を覆ったマリーが駆けてくるところだった。

「ミスター・兎月！　ミスター・パーシバル！」

マリーは白い息を吐いて二人の前に立った。その顔は明るく輝き、とても凄惨な事件のあった家の娘とは思えなかった。

「こんなところでお会いできるなんて！」

「やあ、マリー嬢。今日の聖歌の歌はすばらしかったですよ」

パーシバルが言うとマリーはぽっと頬をバラ色に染めた。

「はい、神父さまにも褒めていただいて……こんど聖歌隊に入れていただけることになったんです」

「そうでしたか。ではまたあのすばらしい歌声が聞けるんですね」

「すばらしいだなんて……ローラ夫人に比べたらまだまだです。もっと練習しないと。お父様はアメリカに帰ったら先生をつけてくれると言ってくれました」

マリーは兎月に向き合うと、両手をスカートの上に置いて頭を下げた。

「昨日は助けていただいてありがとうございました、ミスター・兎月」

「いや。昨日あんたを助けたのはこいつだよ」

兎月は懐からうさぎを出す。マリーは微笑んでマフから手を出し、そのふわふわとした毛皮にさわろうとした。だが、触れたとたん、びくっと手をひっこめる。

「どうしたんだ？」

「あ、いえ……ちょっとビリッてして」

「ああ」

兎月はうさぎの頭を手で押し込んだ。

「冬になるとなるよな、動物に触れたり鍬（くわ）の先に触れたりするとビリッて。なんなんだろうな、あれ」

「静電気（electric force）ですよ」

パーシバルが言った。静電気の概念は古代ギリシア時代から知られており、一六〇〇年、イギリスの医者であり物理学者だったウィリアム・ギルバートによって名付けられている。

「エレ……ってなんだ？」

「えっと、ものにはプラスとマイナスの性質があってそのつりあいがとれていないときに一方から一方に電気が走って……」

質問したくせに兎月は話の半（なか）ばから聞くことをやめた。説明されても理解できなそうだったし、マリーの鼻の頭に眼鏡が乗っていないことの方が今は重要だったからだ。

「マリー、眼鏡は？　そういや、あのとき割れていたか」

トマソンに捕まったとき、足下に落ちてレンズが壊れていたのを覚えている。

「ああ、あれ、もういらないんです」

マリーは嬉しそうに笑った。

「実は今朝から目がよくなったんです。今はお二人の顔もちゃんと見えます。サンタクロースのプレゼントかも」

「え？」

兎月はマリーの目を見返した。昨日まで分厚いレンズ越しだった目は、長いまつげに囲まれ、きらきらと輝いている。人の顔も見えないほど悪いと言っていた目が？

目……確かマリーの家の小間使いが。

「そういえば、あんたの家の女中が死んだんだって？」

「よくご存じですね！」

マリーはパチパチと青い目を瞬かせた。

「ベスはワタシたち家族と一緒にアメリカからついてきてくれた小間使いでした。異国の地でこんなことになるなんて……ベスは前から馬を怖がっていたんです」

「怖がっているのに厩舎に行ったのか？」

「そうなんです、なぜそんな気まぐれを起こしたのか、わかりません」

マリーは不思議そうに小首をかしげた。懐に入れていた兎月の指をツクヨミうさぎが軽く噛む。

「あ、ああ。その馬なんだけどな、もし処分すんなら俺に譲ってもらえないか？」

「え？　でも、ベスを殺した馬ですよ？」

「馬がいると便利なんだ。どうだろうか？」

「そうですね……」

マリーは少し考えていたが、やがて顔を上げ、花が咲くように笑った。

「わかりました。ミスター・兎月は命の恩人ですし、お父様に話してみます」

「そうか、ありがたい」

マリーは教会の前にいた男に呼ばれ、戻っていった。あれがたぶん父親のクレーズ氏なのだろう。

「パーシバル」

兎月は駆けてゆくマリーの背中を見ながら言った。

「ツクヨミが言ってる。調べてほしいことがあると」

「はい、なんでしょう？」

こちらを向いたパーシバルに兎月は告げた。

「死んだ小間使い……ベスって女の目の色は何色だったか、と」

四

十二月二十七日。今年も残すところあと四日だ。

町は新年の準備で賑やかになる。門松が売られ、干した鮭が店の軒先にぶらさがり、人はみな急ぎ足だ。

兎月はツクヨミうさぎを懐に入れ、寒さの中でも活気のある通りを歩いた。満月堂へ出向いたのは正月の餅を注文するためだ。

「兎月さん、いいところに！」

のれんをくぐったとたん、声をかけられた。おみつとお葉が顔を見合わせ、なにか企んだような笑みを見せる。

「な、なんだ？　いいところって」

兎月はその笑みにたじたじと後退した。

「実は……パーシバルさまに注文された鏡餅とのし餅が出来上がっているんですけど」

「……また俺に持って行けと？」

「お店、忙しいんです」

おみつがきっぱりと言う。確かに店の中には何人もの客が注文を待っている。

「ごめんなさい、兎月さん。無理にとは言いませんが……」

申し訳なさそうな顔をするお葉に兎月は手を振った。

「いいさ、どうせこのあとパーシバルに呼ばれているんだ」

「本当ですか？」

お葉はほっとした顔を見せた。本当に困っていたらしい。おみつも両手をあわせて拝む真似までする。

兎月は用意されていた風呂敷包みを持った。のし餅が三枚と鏡餅が入っていてけっこう重い。これでは体の小さなおみつが運ぶのはたいへんだろう。

兎月は風呂敷包みを背中に担いだ。

「お礼に兎月さんのお餅はお代をいただきませんから」

それでは満月堂の方が損をしてしまうだろう。そう言ったがお葉はぜひそうしたい、と譲らなかった。

パーシバル商会に行くと、すぐに奥へ通してくれた。パーティの一件以来、兎月は店のものたちに一目置かれるようになっていた。宇佐伎神社の兎月は魔を祓う。そんな噂が流れているらしい。

「いらっしゃい、兎月サン」

「満月堂から餅を預かってきたぜ。店の人間に渡しておいた」

「それはどうもお疲れ様デシタ」

パーシバルは笑って兎月をテーブルへ案内した。使用人に茶を持ってきてもらったあとは、ツクヨミうさぎにもビスキュイを勧める。

「あのあと、調べましたヨ」

パーシバルは自分もティーカップに口をつけながら言った。

「クレーズ家の小間使いの目の色……青デシタ」

予想はしていた。しかしなぜそんな予想をしていたのか、自分でもわからない。教会の前で会ったときのマリーの様子のせいだろうか。長年仕えた小間使いの死を、嘆いているふうにはまったく見えなかった。

だが、それとこれは関係あるのだろうか？　小間使いの目の色がマリーと同じだったからと言って、どうなのだ。

「ツクヨミサマ。なぜベスの目の色を気にされたのデスか？」

パーシバルはマリーの様子に気づかなかったのだろうか？　兎月は逆に気になった。

「マリーがパーティで歌ったとき、驚いたのだ」

うさぎは両手でビスキュイを持って後脚で立ち上がった。

「ああ、確かに上手デシタね」

「ローラ夫人の声とそっくりだった」

ぴくぴくと耳を震わせる。

「この身がうさぎなせいなのかどうかはわからないが、我にはまったく同じに聞こえた」

「それは……ワタシも似ているとは思いまシタが……」

「そしてよくなったという目。人の目が急によく見えるようになるなど、いくら医術が発達したとしてもあり得ぬだろう」

「確かに。しかし、それが？」

「マリーは眼鏡をかけている自分がみっともないと気にしていた。そして声の美しい夫人を羨んでいた……それだけだ。それだけなのだが、なにか関係があるような気がしてならぬのだ」

辺りが急にしん、とした。商会では年末年始の準備のために店のものたちが右往左往しているのに、みながいっせいに動きを止めたかのようだ。

「いやいやいや」

言ったのは兎月だ。椅子から立ち上がり大げさに手を振る。

「だからどうだっていうんだ。マリーが歌姫の声を盗んだのか？　小間使いの目を盗んだのか？　あり得ないだろう？　そんなことができるとしたら――神サマくらいじゃねえか」

「神はそんなことはしない」

ツクヨミうさぎは後脚でテーブルを叩いた。

「だったら関係ないだろう。マリーの目がよくなった、小間使いの目がなくなった……奇妙な符合があるだけだ」

言いながら兎月も気味が悪くなってきた。本当に偶然なのか？

「あの、」

パーシバルは苦いものでも嚙んだような顔で兎月とツクヨミを見る。

「実は今日来ていただいたのは、お知らせしておいた方がいいと思ったことがあって」

「なんだ？」

「また一人、西洋人が死んでいます」

「なんだと？」

「イギリスの方です。ワタシとは直接取引はないのですが、この函館で音楽の先生をされている女性の方でミス・ポリー・ワーズワース……。亡くなられたのは昨日の夜」

「死因は？」

「警察は強盗（ラバァリー）に襲われたのではと」

「ら……？」

「ええっと」

パーシバルはこめかみを突いた。普段馴染のない日本語なのだろう。

「トーゾク……もっと凶悪な」

「盗賊、か。もっと凶悪といえば押込みだな。家が荒らされたのか？」

パーシバルは嫌そうな顔で首を振った。

「金銭には手をつけていません。でももっとタイヘンなものが奪われマシタ」

「なにをだ？」

「ミス・ワーズワースは見事なブロンドの髪をしていました。その髪が根こそぎ……言葉通り、頭部の皮膚ごと奪われていたのデス」

「ブロンドって……」

兎月はパーシバルの頭を見つめた。窓からの日差しに輝く金色の髪。パーシバルはうなずいて自分の髪を一房手にした。

「金色の巻き毛デス」

うえっと兎月は口を歪めた。

「髪なんか奪ってどうするんだ」

「かつらでも作るんじゃないんデスか？　日本にはまだ異人用のかつらはないでショウ」

「そりゃあないかもしれないが……そのために人を殺すっていうのか？」

「警察はそう思っているようデス」

異国の女がこれで三人も死んだのか。なんて年末だ。

「あんたも気をつけろよ。そんなに長くしていないで、短くしたらどうだ」

うーん、とパーシバルは首をかしげ、気弱げに笑った。

「髪が長い方がドルイドの力が強くなると言われているんデス。まあ、気をつけマスよ」


パーシバル商会から宇佐伎神社に戻ると、ツクヨミはうさぎの体から出た。小さな器に入っているのはやはり疲れるのか、うん、と伸びをする。しかし、入られていた方のうさぎも真似をして伸びをしているから、もしかしたら形だけなのかもしれない。

わらわらと他のうさぎたちも社から出てきた。

『オカエリ』

『オカエリ』

帰ってきたうさぎは留守番のうさぎたちと鼻をくっつけあっている。外であった出来事を伝えているのだろうか。

兎月は冷えた手に息を吹きかけて温めると、社の階（きざはし）に座った。たもとから紙の束を出す。その紙には「吉」「末吉」「大吉」という文字がたくさん書いてあった。

『ナンダソレ』

『ナニソレ』

うさぎたちがさっそく足元に集まってきた。

「こりゃあ神籤（みくじ）だよ。年始に初詣の客が少しは来るだろうからな。小銭稼ぎだ」

兎月は紙を細かく畳み、折り目をつけるとそれを注意深く裂いていった。

「箱に入れて……まあ一厘くらいかな。せっかく初詣に来てくれたのに籤も引けねえんじゃつまんねえだろ」

『カイタノ　ニンゲン？』

『ゴリヤクナイ』

うさぎたちは階に上って兎月の手の中を覗き込む。

「いいんだよ、気は心って言うだろ」

『イイカゲントゲツ』

『イカサマダ』

ツクヨミもそばに寄ってきて、しゃがむと地面に次々舞い落ちる籤を見つめる。

「よいのか？　こんなことをして」

「氏子に楽しんでもらいたいだろ？」

「それはそうだが……では、無料にすればどうだ？」

「わざわざ金を出すからこそただの紙切れに価値が生まれるんだ」

兎月は裂いた紙を丁寧に折り始める。いくつもの小さな四角を作るとそれを自分で作った木箱に入れた。

「あとでここに〝神籤　一厘〟って書いておく。賽銭箱の上に置いておけばいい」

兎月は木箱の胴体を指さした。ツクヨミは眉を寄せてむずかしい顔をしている。

「まあ、そんな固く考えるなよ。凶は入れねえんだからお得ってもんだ」

兎月はわしわしとツクヨミの頭を撫でた。それをうっとうしそうに払ったツクヨミは、はっとした顔で鳥居の方を見た。

「どうした？」

視線を追った兎月は、鳥居の向こうに馬の姿を見た。その馬の手綱を持っているのは異国の少女だった。フードのついた長いコートをまとい、馬と一緒に一段一段、上ってくる。コートのあわせからは赤い花柄のスカートが見えた。

「マリー……」

兎月が見つめていることに気づいたマリーは笑顔になって手を振った。

「ミスター・兎月、馬を持ってきましたわ」

「わざわざすまんな。言ってくれれば取りに行ったのに」

「いいのよ。ワタシもここに来たかったから。石段は大変だったけど」

マリーは幼い笑みを見せた。

「ここがウサギジンジャーね。小さくてかわいらしいオヤシロね」

兎月に馬の手綱を預け、マリーは両手を後ろに組んで神社を見つめた。

「ミスター・兎月はここに住んでいるの？」

「ああ」

「冬は寒いんじゃないの？」

社のそばにある松に手綱を結びつけている兎月に、マリーが尋ねる。

「雪が降ったら麓へ下りる」

「ふうん」

マリーは神社の前を行ったり来たりした。

そのとき、ヒュウッと山から冷たい風が吹き降りてきた。風は兎月のうなじを凍らせてぞっとさせたが、もしかしたらそれはマリーのフードが外れたせいかもしれない。

フードの下のマリーの髪は金色だった。

「マリー……」

兎月も、そしてツクヨミも棒を飲んだようにぴんと突っ立った。

「その、髪は」

「ああこれ？」

マリーは恥ずかしそうに肩にかかる金色の巻き毛を手に取り、顔を埋めた。

「染めたの。ワタシ、ずっとブロンドに憧れていたから……この間のパーティでやっぱり金髪の人がきれいだって思ったんですもの。どうかしら、似合うかしら」

無邪気な顔で見つめてくる少女に、兎月は冷たい唾を飲み込んだ。

「マリー……。イギリス人の、わーずわーすという女性を知っているか？」

マリーはぱちんと手を叩く。

「ええ、もちろんよ。ワタシのピアノの先生だわ。ミスター・兎月もお知り合いなの？」

「その人は……死んだそうだ」

「まあ」

マリーは打ち合わせた手を口に当てた。

「そうなの？　昨日お会いしたときはお元気そうだったのに。ご病気だったのかしら」

「会った？　昨日？　いつ？」

「お昼頃よ。年内最後のレッスンに行って、よいお年をって挨拶して。ワタシ、ミス・ワーズワース大好きだったの。とってもきれいなブロンドだったのよ」

マリーは微笑む。とても今訃報を聞いたとは思えない顔で。

「ねえ、ミスター・兎月」

マリーはカッカッと靴のかかとを鳴らしながら近づいてきた。神使のうさぎたちがいっせいに脚を踏み鳴らしはじめた。

たたんたたんたたん……。その音はマリーには聞こえないけれど。

「冬の間は麓に住むんでしょ？　ワタシの家にいらっしゃらない？　父や母も喜ぶわ。ワタシもとっても嬉しいわ」

すぐそばに来て、兎月に胸をあわせるようにしてマリーは言った。

「そして一緒にダンスをしましょうよ。ワタシ歌も歌うわ。もっともっと上手に歌うわ」

たたんたたんたたん。うさぎたちが脚を鳴らしながら下がってゆく。

金色の髪に囲まれた白い花のようなマリーは、知らない女の顔をしていた。赤い唇がきゅっと吊り上がって真珠のような歯が覗く。

マリーの体から目に見えない蜘蛛の糸のようなものが流れ出て、自分の全身に絡みついているような……足元が深いぬかるみにはまったような……。

「兎月」

すぐ横にいるツクヨミが兎月の手を握った。

「しっかりしろ」

言われて兎月ははっと息を呑んだ。今まで蛇に魅入られた蛙のように身動きひとつできなかった。なぜだ？　こんな細い少女相手に。

「いや」

兎月は声を絞り出した。

「冬の間は……パーシバルの屋敷にやっかいになることに決まっているんだ」

そう言うと、マリーは弾かれたように体を離した。

「ミスター・パーシバル……。ミスター・パーシバルのところへ行くの？」

「そうだ」

「そう……」

ヒヒン、と松に結ばれている馬が怯えたいななきを発して逃げようとする。神使のうさぎたちはすべて社の中に消えていた。兎月は全身の毛を見えない冷たい手で撫で上げられたような気がした。

「ワタシのところへではなく、ミスター・パーシバルの家に行くのね……」

唇は微笑みの形をしていたが、その目が裏切っていた。強い怒りを込めてマリーは兎月を睨みつける。

「いいわ……でも絶対あなたはワタシの家へ来る……。そう決まっているのよ」

マリーは両手でフードをかぶった。くるりとロングコートの裾が翻る。

「決まっているのよ……」

呟きを残してマリーは鳥居をくぐっていった。その姿がすべて消えてから、兎月は大きく息を吐いた。

「ありゃあ……マリーじゃねえぞ」

「そのようだな」

「怪ノモノでもねえ。なんかもっと……でかいやつだ」

「あの鏡……」

ツクヨミが呟く。

「あの鏡に感じた禍々しさと同じものを感じた」

「西洋の、ワルイモノか」

ツクヨミはうなずくと、心配そうに兎月を見上げた。

「いいのか、兎月」

「なにが」

兎月はツクヨミを振り返らなかった。

「パーシバルのことだ、屋敷に行くなどと言って……」

「ああ」

兎月はツクヨミの頭に手を置いた。

「責任はとるさ」


その夜、アーチー・パーシバルは自室で本国の両親に宛てて手紙を書いていた。クリスマス・イブのパーティで起こった不幸な出来事について綴り、来年の予定を書いた。帰国については触れない。

母からは冬に入ってから毎週のように帰ってこいと手紙が来ていた。クリスマスカードに添えられた手紙にも書いてあった。申し訳ないと思いながら、それには返事をしなかった。

パーシバルは日本での仕事が好きだった。日本の文化や風習も楽しんでいる。それに最近は風変わりな友人もでき、常人には体験できないことも体験した。

神々の棲む国、ニッポン。もっともっとこの国を知りたい……。

赤々と燃えていた暖炉の火が急に揺れた。同時に顔に冷たい夜気が当たった。顔を上げると窓が内側に向かって開いていた。

開く音はしなかったのに、とパーシバルは眉を寄せた。

立ち上がって窓を閉めたとき、ふいに首筋の毛がザワついた。

——なにかいる。

背後に、暖炉の火の光が届かない書棚の陰に。

暗がりに。

影よりももっと黒いものが。

窓ガラスを見たが、それは映っていなかった。いや、下の方に見える。あれは、赤い服ではないか？　赤い花柄の、ふんわりとひろがったスカートではないか？

恐怖に耐えながらパーシバルはゆっくりと振り向いた。

「こんばんは、ミスター・パーシバル」

それは場違いなほど明るい声を上げた。

「夜分にお邪魔してごめんなさい」

「ミス・マリー・クレーズ」

正体がわかってかえってパーシバルの恐怖は増した。なぜ、少女が夜中に部屋の中にいるのか？　窓から入ってきたのか？　塀を乗り越え、鍵を開けて。

「ミスター・パーシバルにお願いがあって来ました」

「お願い……？　なんでしょう」

マリーは壁から離れて一歩近づいた。部屋の照明に照らされ、マリーの上半身も見えた。

ごく普通のアメリカ人の少女だ。きゅっと締められたウエストに、わずかなふくらみを見せる胸、細い肩。そしてたっぷりのブロンドの巻き毛。

（ブロンド……？）

鶏頭（けいとう）の花のような赤毛だったはずの少女の髪は、今は暖炉の炎を受けてキラキラと金色に輝いている。

「髪を……染めたんですか？」

パーシバルの言葉にマリーは答えずただ笑った。

「ミスター・パーシバルへのお願いは……ミスター・兎月のことなの。冬の間、こちらにいらっしゃると聞いたんだけど、それをお断りしてほしいんです」

「それは……」

「ミスター・兎月にはワタシの家に来ていただきたいんです」

マリーはパーシバルに向かってゆっくりと近づいてくる。パーシバルは後ろに下がり、窓に背をつけた。

「お願い。ミスター・兎月に断るとおっしゃって。ワタシはミスター・パーシバルも大好きなの。お金持ちできれいで賢くて……とても素敵。あなたを傷つけたくはないの」

「ワタシを傷つける……？　どうやって？　あなたのようにかよわい女性がワタシになにをすると」

「かよわい？」

マリーは立ち止まるとくすくす笑い出した。

「かよわいですって？　ワタシが？　ミスターはなにもご存じないのね」

「なんのことです？」

「この世界で女の子が一番強いってことを」

スカートを摘まんで、マリーは優雅なお辞儀をした。

「かわいくて美しくて無邪気。にっこり笑えば誰だって許してくれるの。見て」

　マリーは自分の両腕を伸ばして指を広げて見せる。

「こんな細い指で、細い腕で、なにができるとみんなが思う。だけど違う。ほんとはなんでもできるのよ」

「なんでもできる……」

　パーシバルは首を振った。

「たとえば……美しい声で歌うことですか？」

「そう！」

　マリーはケラケラと笑い出した。右手を自分の細い首に滑らせる。

「天使のような歌声！　ああ、ローラ夫人はほんとうに歌がお上手だったわ。きれいな声だった。でも、夫人はもうお年を召してらっしゃったわ。これからは声が枯れてゆく一方。だったらその声は若いものに譲るべきじゃない？　そうじゃない？」

「……たとえば視力？」

「そうよ」

　マリーは両手で両眼を押さえた。

「きれいなものや素敵なものを見るのは、それらを自由に見られる身分のものだけだわ」

「たとえばブロンドの髪……」

「もういいでしょう、ミスター・パーシバル」

マリーはぴしゃりと言葉を遮り、髪をかき上げた。

「あなたはいろいろお知りのようね」

「ええ、知ってますよ。だから怖いのを我慢してあなたを待っていたんです、ミス・マリー」

「待ってたですって？」

「あなたが来ると教えてくれたんです、そう……この国の神サマが」

パーシバルのすぐ横で閉めた窓がパンッと開いた。窓枠に乗っているのは兎月と白いうさぎだ。

「よう、お嬢ちゃん」

兎月が床に飛び降りる。うさぎは窓枠を走ってパーシバルのもとへ駆け寄った。

「無事か？　アーチー・パーシバル」

「ツクヨミサマ、遅いデスよ！　怖くて叫び出しそうでしたよ」

「すまぬ。娘の姿を見た後すぐに塀を越えようとしたのだが、警邏（けいら）の警官に見つかってもめてしまって」

うさぎは前脚で耳ごと頭を撫でた。

「うさぎ……が、しゃべってる……？」

　さすがにマリーも驚いたようだった。

「おぬしと同じだろう？　この身はただの器だ」

　うさぎは後脚で立ち上がり、前脚でふかふかの胸を叩いた。

「おぬしもマリーの体を使って悪さを働いている、違うか？」

　言われたマリーは自分の腕で自分の体を抱いた。

「おまえがやったことはお見通しなんだよ。俺は歌姫の死体を見ている。ナイフで刺された胸の傷からは出血が多かった。だが、抉られた喉の傷の血は少ない。おまえはトマソンが三人を刺したあと、あの部屋に入ったマリーに取り憑いたんだろ。そして歌姫の喉を裂いた」

　兎月は日本語でマリーに言った。

「小間使いの目が見つからないのも順番が逆だったんだ。女の目は最初からなかったんだ。おまえは女の目を奪い、それをごまかすために死体を馬小屋に運んで馬に顔を蹴らせた。馬小屋を捜しても目玉は出てこないわけだ」

「そしてミス・ワーズワースの家へレッスンに行き、その場で頭皮を奪ったんデスね」

　パーシバルも言った。ツクヨミうさぎは窓枠の上で背を丸め、身を乗り出した。

「他人の喉と目と髪を奪ってどうしたのだ、異国の魔よ。まさか食ったのか」

「まさか。そんなもの食べたらおなか壊しちゃうわ」

マリーはあどけない少女の顔で腹を押さえて見せた。

「みんなワタシが大事に持ってるの。髪だけは大きすぎて小物入れに入らなかったから庭に埋めたけど」

「なんのためにそんなことを。奪ったってどうやって自分のものにするのだ」

マリーはツクヨミの言葉にくすくすと笑い出した。

「この国の神にはできないでしょうね。でもワタシにはできるの。自分のこの手で欲しいものを奪うとね、それが自分の力になるのよ。マリー(ワタシ)はいつも羨んでいた。自分にはないものを欲しがっていた。この子の欲望は甘い蜜のよう」

「この外道め……、出てこい！」

兎月は右手を伸ばす。その手の中に光が集まり、線を描くように刀が一振り現れる。

「ジンジャのエクソシストか……」

マリーは嗤った。

「おまえなどにワタシが祓えるか」

マリーの声の上にしわがれた太い声が重なった。マリーの中にいるものの声だ。

「出てきやがったな」

兎月は刀の柄を両手で握った。

「鏡から感じた禍々しさだ……こいつがいたのだ」

うさぎの全身の毛が逆立っている。

「怪ノモノではない……斬れるのか？」

「やってみなきゃわからねえよッ！」

言うなり兎月は刀を振りかぶってマリーに斬りかかった。だが、マリーの両手が発止とその刃を受け止めた。

「おっ？」

「なるほど、人は斬れんというわけか」

マリーが唇を歪めて嗤う。兎月は刀を引こうとしたが、がっちりと握り込まれて動かない。ぎりぎりと二人の間で刀は苦しげに身もだえた。

「これではワタシを祓えんぞ、エクソシスト」

マリーは摑んだ刀ごと、兎月を壁の書棚に叩きつけた。

「ッ……ッツ」

書棚からどさどさと分厚い本が落ちてくる。それを肩や頭に受け、兎月は身を起こした。

「兎月サン！」

パーシバルが叫ぶ。兎月は声の主を睨みつけた。

「パーシバル、てめえ」

頭の上の開いた本を床に投げ捨てる。

「なんだってこんなでかい本ばかり集めていやがるんだよ」

「どれもイギリスやフランスから取り寄せた貴重な書物デス、壊さないで」

「本の心配かよ」

兎月は崩れた本の山から立ち上がり、頭を振った。

「なるほど、怪ノモノと違って簡単に中を斬らせてくれないってことか。それに力も常人とは違う」

「言ったでしょう？　ワタシは強いって」

少女の声を取り戻し、マリーはころころと金の鈴のような笑い声を上げた。

「ちっぽけな島国のちっぽけなジンジャの神ごときが……ワタシをどうにかできると思ってるの？」

「神をばかにするか」

ツクヨミが赤い目を光らせ、湯気を立てんばかりに怒る。

「おぬしがどこの魔かはしらんが、この国で、この町で、好き勝手はさせんぞ」

「ほう、ではどうするのだ」

再び低い男の声が少女の口から流れる。青い瞳が邪悪な光を発してツクヨミと兎月とパーシバルを見た。

「退治する。我の剣が」

その言葉と同時に床を蹴って兎月がマリーに飛びかかった。是光が上から下から斜めからマリーの体を襲う。

「斬れなくてもその体を動けなくさせればいいだけだ！」

マリーは腕でその攻撃を避けていたが、白く細い腕はあっという間に青黒く変わり、皮膚が破けて血がほとばしった。バキリ、と音がしたのはマリーの片腕が折れたらしい。

「きゃあああっ！」

マリーが悲痛な声を上げる。

「ミスター・兎月、助けて！　ワタシは悪魔に操られているだけなのに」

一瞬兎月の刀の勢いが止まる。マリーはその隙を見逃さなかった。刀を跳ね上げ、兎月の首にその爪を食い込ませた。

「……ッ！」

「ばか兎月！」

ツクヨミうさぎが小さな脚でたしたしと地団駄を踏む。

「そんなの敵の思うつぼだろ！」

床に押し倒した兎月の胸の上に乗り、マリーは邪悪としか言いようのない笑みを浮かべる。

「優しいのね、ミスター・兎月。だからワタシはあなたを好きになったの」

「うそを……つけ」

首を押さえつけられ呼吸を止められながらも兎月は笑った。

「毛色の変わった玩具(おもちゃ)を手に入れたかった……だけだろうが」

「そうかもね。あなたは壊してもお部屋に飾ってあげる。あのうさぎと一緒にね」

「どう、かな」

「まだなにかできると思ってるの？　その刀ではワタシは斬れないのに」

「言ったろ。動けなくすることは……できるって」

兎月は床に伸ばした両手と両足でマリーの体を抱え込んだ。

「なにをする！　放せ！」

「兎月サンの目的は最初からこれだったんデスよ」

床の上でもがいているマリーにパーシバルが近づいた。

「あなたをコレに封じるために」

そう言ってテーブルの手紙の下から鏡を抜き出すと、それをマリーに向けてかざした。

「きさまっ！　それは」

「アシュレイ家から借りてきまシタ！」

パーシバルの口から聞き取れないほどの速さで異国の言葉が流れた。鏡の裏に彫ってあった言葉を読んでいるのだ。

「やめろ！」

マリーは兎月の手から逃れようとした。だが、兎月はしがみついてその体を押さえつけている。

パーシバルは言葉を唱えながら鏡をマリーに近づけた。

「ギャアッ！」

人の声には思えないような音を立てて、マリーの体から黒い霧のようなものがにじみ出た。その黒いものはマリーから離れると、パーシバルの横をすり抜けて、ガラス窓に向かった。ガクン、とマリーの体が人形のように床に落ちる。

「しまった！」

ガラス窓は兎月が入ってきたときのまま開いていた。マリーに取り憑いていたモノは窓から外へ飛び出した。

「逃がした！」

「大丈夫だ」

窓に駆け寄って空を見上げる兎月に、無表情なはずのうさぎが歯を剝き出して不敵な笑みを作る。

「ちっぽけな島国の神々を侮るなよ」

窓から外へ飛び出したモノは、塀を越えた通りに赤い着物の女たちがずらりと並んでいるのを見ることになる。

「人のショバで勝手な真似をしておいでだね」

豊川が長い黒髪をばさりとはねあげてソレをねめつけた。

「おふざけでないよ」

女たちがいっせいに赤い着物を脱ぎ捨て放る。着物は生き物のようにソレにまとわりつき、動きを封じた。

白い尾を持った狐たちが飛び上がり、着物に包まれたソレに体当たりする。函館山からうさぎたちも飛んできた。

「ゲゲッ、ゲッ」

ソレは軋んだ音を立ててパーシバル邸の庭に落ちる。うさぎが何羽も黒いモノに噛みついていた。

「あとは任せろ」

兎月が走り寄る。

右手には光る是光。それを地に落ちたモノに一直線に突き刺した。

「ギャアアアッ」

悲鳴は上げたが怪ノモノのように霧散はしない。縫い止めただけだ。

「パーシバル！」

声に応えてパーシバルが鏡をソレに押しつける。パーシバルの言葉の一音一音で、黒いモノの体が小さくなった。最後の音で、ズシン、と持っていた鏡に大きな力がかかったことをパーシバルは知った。

急いで鏡に鎖を巻きつける。鏡は激しく震えたが、十字の形に鎖を巻き終えると動かなくなった。

はあっとパーシバルは息を吐く。兎月もばたりと草の上に倒れた。

「やった……」

ツクヨミうさぎは鏡に寄ると、ちょいと足先でその表面に触れる。鏡からはなんの反応も返らなかった。

「どうだ、我らもやるもんだろう」

ツクヨミはタシタシと後脚で鏡の表面を踏んで言った。

「なにをイキがっているんだい」

塀の上に赤い着物の女が立っていた。

「豊川の、助かった」

「まったく……怪ノモノだけじゃなく異国の魔まで面倒みさせようとはね。貸しが増えていくばっかりだよ、ツクヨミの」

「函館全部の稲荷に特上のお揚げを献上しましょう」

パーシバルが急いで言った。いつもきれいにしている金髪がぼさぼさだ。

「助かったよ」

兎月も仰向けのまま言った。

豊川は着物のたもとをくるりと回し、赤い唇に笑みを浮かべる。

「楽しみにしてるよ」

豊川は姿を消し、同時に屋根の上にいたたくさんの狐たちも、いなくなった。神使のうさぎたちは倒れた兎月の周りに集まりぶーぶーと鼻を鳴らしている。

「兎月、ご苦労」

ツクヨミも覗き込んだ。

兎月はツクヨミうさぎの小さな頭を手で撫でると、星空を見上げた。

震える星たちが、兎月の息ににじんで見えた。

終

意識を取り戻したマリーは記憶の一部を失っていた。

パーティの夜、トマソンが三人を殺した部屋に入ったことは覚えている。すぐに人を呼びに行こうとしたが、そのとき誰かに呼ばれたという。

「振り向くと鏡があって……」

鏡の鎖は外されていたそうだ。トマソンが外したのか、アシュレイか、グエンドリンか。

とにかく誰かが外し、封じられていたものは目覚めた。そして最適な肉体が来るのを待っていた。

マリーの記憶はそこまでだった。あとはずっと夢を見ていたような気がすると言った。なぜ自分がパーシバルの家にいるのか、なぜ右腕が傷つき折れているのかもわからない。

マリーの声は元に戻り、視力も元通り、髪は赤くなった。

ローラの死を、ベスの死を、ピアノ教師の死を悲しんだ。

マリーはふつうの女の子だった。


「ミス・マリーを罪には問えないでしょう。彼女の知らない出来事デスから」

マリーの状況を報告にきたパーシバルはそう結論づけたが、兎月はなんとなくモヤモヤした。

「ミスター・アシュレイの鏡はワタシが買い取りました。家の方たちはあの鏡が不幸を運んだと思われたらしく、それほど難航しなかったデス」

鏡は厳重に保管するとパーシバルは約束した。

「海に沈めてしまってもいいかもしれんな」

ツクヨミが言うとパーシバルは「そうします」と答えた。

明日は大晦日。兎月は神社の柱につないだ馬の体を藁で拭きながら言った。

「マリーは人を羨んでいた。欲望がアレを呼んだんじゃないのか？」

「欲望は悪いことばかりではない」

馬の背に腹ばいになっているツクヨミはそう言った。

「人間の欲が人間をよりよくすることもある。こうなりたい、こうしたい、あれが欲しいという力が人間を勤勉にさせ、努力させるのだ」

「そうかもしれねえけどよ」

「マリーは一ヶ月は腕が動かせないのだ。年頃の娘にはけっこうな罰ではないか？」

マリーはパーシバルの家に来る途中で暴漢に遭ったという話がでっちあげられた。ワーズワースのブロンド事件と併せて、西洋人たちは函館の治安に不安を持ったが仕方がない。

「ミス・マリーは来年になったらすぐアメリカに帰国するそうですよ」

パーシバルが教えてくれた。彼は兎月が手に入れた馬のために、わざわざ屋敷に厩舎を作ってくれるそうだ。

「不幸が続きましたからね。そうそう、彼女から手紙を預かってきましたよ」

パーシバルが封筒を渡す。兎月が開くと、手紙にはたどたどしいひらがなが並んでいた。

「とげつさん、おとうさまがそとへでてはいけないというので、てがみをかきました。もうあえないかもしれません」

青いインクでそれは綴られていた。

「ぱーてーでとげつさんにおあいして、わたしはとげつさんがすきになりました。ちゅうからよくおもいだせません。ながいゆめをみていたようです。ゆめのなかでとげつさんはわたしをたすけてくれました。だからますますすきになりました」

兎月は出会ったときのマリーの顔を思い出していた。恥ずかしそうな顔、嬉しそうな顔、興味深げな顔。たいていの顔は笑っていた。

「おとなになってもっときれいになってりっぱなれでーになったら、いつかきっとにっぽんにもどってきます。そのときはあってください。やくそくです。まりー」

欲は人をよりよくする。ツクヨミの言うことが本当なら、マリーはきっと魅力的なレディになるに違いない。

強い憧れと羨みと嫉妬。絶対手に入れたいと願う執着心。彼女は自分が言ったように強い少女なのだ。

兎月は手紙を馬の顔近くに持っていった。馬は長い鼻面を動かすと、その手紙を口で咥え、ぱりぱりと咀嚼した。あーあ、とパーシバルがため息をつくように言ったが止めはしなかった。

「明日は大晦日か」

「そうだな、今年が終わる」

ツクヨミはぴょんと馬の背に立った。背伸びして麓の町を見下ろす。

「年が明けたらいくらこのボロ神社でも忙しくなるかもな」

「ボロは余計だ」

「ワタシも年始にきますヨ。オミクジがあるんでしょう？」

階に腰を下ろしていたパーシバルがにこにこと言う。

「いいかげんなやつだけどな。まあ大吉をたくさん入れておいたが……」

「それはウレシイ」

「凶しか入ってない籤も作ろうか」

「勘弁してくだサイ」

乾いた冬の空の中、神と人の笑い声が昇っていった。

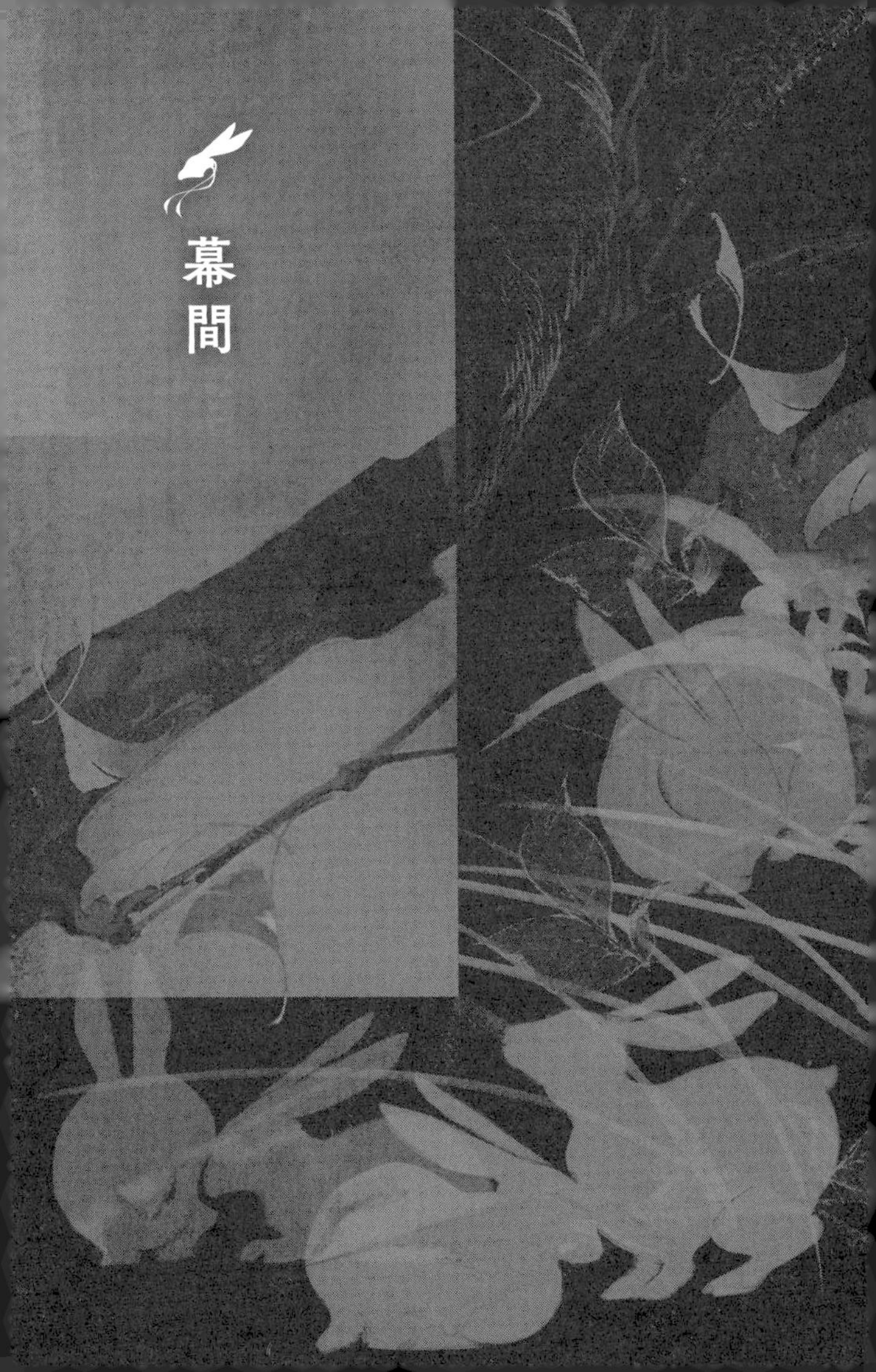

幕間

十二月二十五日。

兎月とツクヨミは教会の前でアーチー・パーシバルと話をしたあと、自宅へ呼ばれた。

いつものように兎月はパーシバルの向かいに座り、ツクヨミうさぎはテーブルの上に乗る。

「昨日、パーティの最後にプレゼント交換をしようと思っていたのですが、あんな事件があってできなくなってしまいました」

パーシバルは自室の床の上にプレゼントの山を積み上げていた。

「仕方がないのでこれらはワタシがいただき、後日みなさまにお礼の品をお渡しするつもりです」

「ああ、俺はいいぞ。用意したものなんてタダ同然なんだから」

「兎月サンのはこれでしょう？」

パーシバルはプレゼントの山の中から細長い包みを取り出した。

風呂敷をあけると中には丸めた紙が入っている。くるくるとほどくと、それには一列に黒いうさぎの足跡がついていた。

「うさぎの脚に墨を塗ってな、歩かせた。うさぎは多産の動物だからな、まあ子孫繁栄のお守りみたいなもん……洒落(しゃれ)だよ洒落」

うさぎの足跡は独特で、前にふたつの縦に長い楕円、後ろに小さな丸がふたつ並ぶ。実は前の楕円が後脚で、後ろの丸が前脚となっている。後脚で蹴りだし、前脚で着地した後、同時に後脚が前に出るため、こんな足跡になる。

「金がないからな」

ツクヨミが内情を暴露し、兎月に耳を摑まれた。

「とてもすばらしいと思います。兎月サンは葛飾（かつしか）ホクサイという画家をご存じですか？」

「もちろん」

北斎は兎月の時代より三十年ほど前の人間だが、その名前はよく知られていた。

「ホクサイは西洋でも人気のある画家です。彼の絵は生き方と同じように驚きに満ちたもの（アメージング）でした。その中にこんなエピソードがあります」

北斎（ほくさい）は十一代将軍に呼ばれてその目の前で絵を描くことになった。将軍を驚かせようと考えた北斎は、用意した鶏の脚に色をつけ、青く塗った長い紙の上を歩かせようとした。鶏の足跡を紅葉に見立てようと考えたのだ。

「しかし鶏は動かなかった」

パーシバルの話に兎月は思わず笑ってしまった。

「北斎は仕方なく別な絵を描いたそうです。兎月サン、うさぎが紙の上をこのようにまっすぐ一直線に歩くのは北斎にもできなかったことデスよ。ワタシはこれを掛け軸に表装しましょう、宇佐伎神社からのアリガタイ奇跡のわざとして」

「や、やめろ！　大げさすぎる！」

「その通りだ。うさぎの中に我が入って歩いただけだぞ、恥ずかしい！」

「いやデス、家宝にします」

「やめろー！」


パーシバルは表装を頑として譲らなかったので、せめて床の間に飾るのだけはやめてくれとお願いした。

「床の間はないノデいいですよ」とパーシバルは言ってくれたが、その顔は、ではどこに飾ろうかと考えているようだった。

「そうそう。ツクヨミサマにサンタクロースからプレゼントが届いております」

「え？」

うさぎはぴょん！　と両方の耳を立てた。

「通常は眠っているうちに届くのですが、ツクヨミサマのお社にまで行くのがむずかしかったようで、ワタシが預かっておきました」

パーシバルはそう言うと、大きな紙の包みを取り出した。西洋の紙らしく表面に異国の言葉が印刷されている。袋の口の部分には、大きな布のリボンもついていた。

「こ、これがぷれぜんと、なるものか？」

「そうですよ。さあ、そのリボンを引いて開けてみてください」

パーシバルが促すと、ツクヨミうさぎは小さな前脚でリボンの先を引っ張った。するすると赤いリボンがほどかれてゆく。

「おお」

中からは銀色の丸い缶と、暖かそうな毛糸のセーターが出てきた。赤や青などたくさんの色糸を使って幾何学模様が編まれている。それから木でできた蒸気機関車の玩具。

「これは……」

銀色の丸い缶にはぎっしりとクッキーやビスキュイが詰め込まれている。

「これは、パーシバル……おぬしが用意してくれたものだろう？」

「いいえ。これはサンタクロースのプレゼントですよ」

パーシバルは真面目くさった顔で言う。うさぎはせわしなくパーシバルとプレゼントを見比べる。

「本当か？　さんたくろうす殿とはなんと力のあるものであることか」

しかし、次にははっとしてプレゼントから手を離す。

「しかし、我はキリスト教を奉じてはおらぬぞ。そもそもさんたくろうす殿は異国の神に仕える僧のようなものであろう」

「宗教が違うと仲良くはなれませんか？　ワタシと兎月サンは国が違いますが仲良しですよ。人が仲良くなれるのに神が仲良くなれないなんてことはないです」

「しかし……しかし……」

ツクヨミは蒸気機関車の玩具をそっと前脚で押した。車輪が動いて前に進む。

それから毛糸のセーターに顔を突っ込む。ふかふかとしたセーターはうさぎの体を押し返した。

「これはとても柔らかいな。敷物か？」

「セーターです。着物ですよ。とてもアタタカ」

せーたー、と口の中で呟き、ツクヨミうさぎは手でぎゅうっと温かなものを押した。

「我は寒さなどは感じないのに……こんな上等なものを」

「ワタシはそれを着たツクヨミサマを見たいですね」

パーシバルがにこにこしながら言う。兎月もうなずいた。

「ああ、俺も見たいな。おまえのかっこう、いつも見てるだけで寒そうだと思っていたんだ」

「……」

うさぎはもう一度セーターに顔を埋めた。もごもごと毛糸の間から言葉が漏れる。

「さんたくろうす殿に伝えてくれ。ツクヨミはありがたくご進物を受け取ると」

パーシバルはほっとした顔をした。

「あとは兎月サンにワタシからプレゼントがあります」

「え？　俺にか？」

「はい」

パーシバルは書棚から細長い布袋を持ってきた。

「どうぞ」

受け取ると、ズシリと重い。持った感じで小刀か匕首のような感じがした。

「これは……？」

「どうぞ、見てください」

袋の口を開け、中から取り出したのは、一本の懐剣だった。長さは一尺二寸、頭金には小さなうさぎが彫り込まれ。柄巻は黒、鞘は黒漆で雲にうさぎの絵が彫られている。

一見地味な誂えだったが……。

「え……!」

鞘を払って驚いた。この波紋には見覚えがある。

「これは、まさか……兼定……!?」

「はい、折れた兼定を打ち直しました」

兎月は懐剣を両手に持ち、その刃の輝きに見入った。

「打ち直したと言っても、刀自身の力は弱くなっていると刀匠は言ってました。だから――お守り代わりデスね」

あの雨の日、黒い兼定に取り憑かれた兎月は、パーシバルの体を借りた土方歳三と戦った。そして兎月の持つ兼定は折れた。あのあといくら捜しても切っ先は出てこなかった。土方が持っていったからだ。

「残された兼定……持っていても価値はひどく下がる。ならこの刀に思い入れのある兎月サンにプレゼントした方がいいでしょう」

だから気にしないで、とパーシバルは言ったが、兎月は彼に向かって深く頭を下げた。

「ありがとう。ずっとこいつのことが気になっていたんだ」

パーシバルは照れ臭そうにコリコリと自分のこめかみをかいた。

「あと、お葉さんとおみつさんにもプレゼントあります。届けていただけますか？」

「もちろんだ。二人とも喜ぶぜ」

兎月は懐剣を袋に戻し自分の懐に入れた。少しひんやりとした兼定の重みに、逆に胸は熱くなる。

パーシバルは小さな箱をふたつ持ってきて兎月に差し出した。

「赤いリボンがお葉さん。黄色いリボンがおみつさん」

歌うように言って渡す。青い目が子供のように楽しげに輝いている。

「気に入っていただけるといいのデスが」


満月堂に行くと店は相変わらず混みあっていて、兎月はしばらくのれんの外で待っていた。

町並みを見ていると、過ぎゆく人は誰もが着膨れて急ぎ足だ。

常なら一人二人いるはずの西洋人の姿が見えないのは、パーシバルが言っていたように、家でクリスマスを祝っているのだろう。

また教会の鐘が鳴っている。日本の寺の鐘の音と比べると、華やかで明るい感じがした。音楽のようにも聞こえる。

明治六年、ほんの数年前にキリスト教は解禁された。それから外国人の多い函館ではあっという間に教会が増えたらしい。

兎月はプレゼントを渡してくれたパーシバルの笑顔を思い出す。あんなに楽しげな嬉しそうな顔ができるなら、クリスマスの風習も日本人に馴染んでいくだろう。

しばらくすると店の中の客も少なくなってきたので、兎月は改めてのれんをくぐった。

「兎月さん、いらっしゃい！」

おみつが元気よく声をかけてくる。兎月の懐にいるうさぎにも「こんにちは」と挨拶した。

「今日もうさぎ饅頭？」

「ああ、そうだな。そいつをひとつ。あと、届け物があるんだ」

「え？　なあに」

差し出した風呂敷包みをおみつが興味いっぱいの顔で覗き込む。

「お葉さんも」

呼ぶとお葉も粉だらけの手を拭きながら寄ってきた。

「パーシバルがお葉さんとおみつにぷれぜんとだそうだ」

「ぷれぜんと？」

おみつが不思議そうな顔でお葉を見上げると、お葉は「パーシバルさまのお国の言葉で贈り物という意味ですよ」と返事をした。

「ええと、赤いのはお葉さんに、黄色いのはおみつに」

兎月は二人にそれぞれ風呂敷から取り出した、リボンのかかった小さな箱を渡す。

「わあ、この紐きれい！　これももらっていいの？」

「もちろん。だが紐より中身を見た方がいいんじゃないのか？」

兎月が言うと、おみつは丁寧に丁寧にリボンをほどき、紙を開いた。

「わ、なあに、これ」

おみつが取り出したのはピンク色の毛糸で編まれた手袋(ミトン)だ。手首の部分に同色の薔薇のモチーフがついている。

「ふたつあるよ？　足袋(たび)？」

手袋を見たこともなかったのだろう。日本には籠手(こて)として使うものはあるが、ほとんど武士や皇族の持ち物で、庶民には縁のない代物だ。

「まあ、わたしにも」

お葉のは肘まで届きそうな白く長い絹の手袋だ。

「こんな上等なもの、いただいていいんでしょうか？」

お葉は手袋をはめずにするすると指先でその生地を撫でていた。

「いいんじゃないか？　あいつ、これを渡すとき楽しそうだったぜ。プレゼントするのが大好きなんだろ。気になるなら来年のクリスマスになにかお返しをすればいい」

「そうですか……」

それでもまだ不安そうなお葉を見て、兎月はその手から手袋を取り上げた。

「せっかくの頂き物にそんな顔をするんじゃ返してしまった方がいいな」

「あ、ダメ！」

お葉は娘のような声を上げ、兎月の手から手袋を奪い返した。兎月がにやにやしていると、お葉は覚悟を決めたように顔を上げた。

「わかりました。今度いらしたときお礼を言います」

「笑顔でな」

「はい……」

お葉は顔を赤くしている。自分が子供っぽい真似をしたことを恥じているのだろう。いつもの落ち着いた大人の女の顔もいいが、こんなふうにかわいらしいところを見つけると、嬉しくなる。

兎月はお葉とおみつに別れを告げ、函館山に帰った。

神社に戻ると待ちかねたようにツクヨミはうさぎから抜け出した。「早く早く」と両手を伸ばすのでセーターを渡してやる。

「どうやって着ればいいのだ？」

「このふたつが袖だから――この小さい穴が首だろう。かぶればいいいんじゃねえかな」

「この着物の上からだとゴワゴワしそうだな」

「脱げるのか？　それ」

「……脱ごうと思ったこともないが……脱ぐか」

ツクヨミは意を決したように唇を結ぶと襟の紐をほどいた。当帯(あておび)も解いて前を開く。狩衣(かりぎぬ)を脱いで白い着物と袴だけになったあと、袴から着物を引き抜いた。

「ふうん、襦袢も着てるのか」

兎月が感心したように言うと、ツクヨミは白い頬を紅くした。

「じろじろ見るでない」

ツクヨミは肌着と袴だけになった上からセーターをかぶった。

「頭が出ないぞ」

「ちょっと待ってろ」

兎月が下からセーターを引っ張ると、すぽんと首が出た。長い髪をセーターの中から引き出し、裾を整えてやる。色とりどりの毛糸で編んだセーターはツクヨミの白い髪を引き立たせ、よく似合っていた。

「……」

「なんとか言え」

黙って見ている兎月にツクヨミが怒った顔で言う。

「いや、ええっと……そんな恰好をしているとなんだか人の子のようだ」

「……おかしいか？」

途端にツクヨミがしょんぼりする。

「いや、かわいらしいな」

ツクヨミはぱっと嬉しそうな顔を上げ、次にはふくれっ面を作って見せた。

「神にかわいいなどと無礼な」

「どうしろって言うんだよ」

神使のうさぎたちがわらわらとツクヨミの周りに集まってきた。

『カミサマ　ウレシイ』

『ゴキゲン　カミサマ』

『テレカクシ』

本音を言ううさぎたちにツクヨミは「こらッ」と足を踏み鳴らして蹴散らす。うさぎたちは笑いながら逃げ出した。

宇佐伎神社まで町の教会の鐘の音が聞こえてくる。空に響く音色は明るく澄んで誰をも祝福しているようだった。

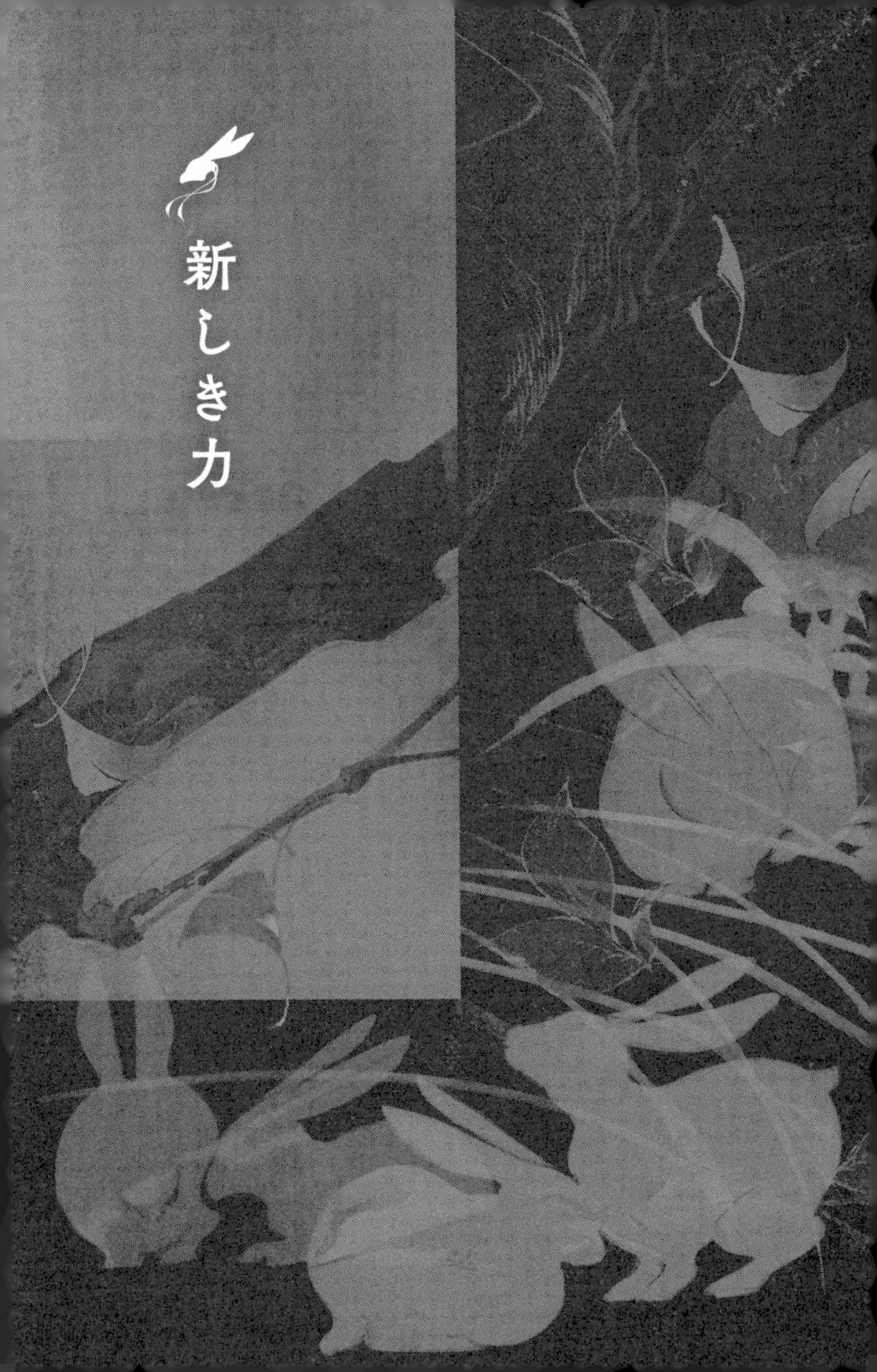

新しき力

序

武士にはいくつかの特権があった。その中に帯刀剣と名字がある。

しかし明治六年の「徴兵令」、八年の「平民苗字必称義務令」により、平民も武器や名字を使うことが許されるようになった。そしてついに「廃刀令」が発せられ、刀を奪われた武士たちは平民と区別がつかなくなった。

そして禄を失った代わりに支給されていた給金も、政府の財政を圧迫するという理由で、同九年に「秩禄処分」という政策の下、廃止された。

当然、武士——もと侍たちの生活は困窮し、日雇い仕事や慣れない商売に手を出して財産を失うものが多く出た。

侍たちの不満は高まり、その一部は明治十年、西南戦争となって噴き出した。政府から離れ故郷に帰っていた西郷隆盛を担ぎ出し、七ヶ月にわたって政府軍と戦ったのだ。

多くの侍たちは、参加まではしなくても、心の中で反乱軍に期待をしていた。

しかし、西郷隆盛は自決し、反乱は終結した。

もう武士の時代ではない、日本は侍の国ではない——多くのものの中にその事実が楔のように打ち込まれた。

「大久保利通が西郷どんと戦うてくれたら――戦況は変わってたかもしれんのに」

居酒屋で猪口から酒を溢れさせ、橋場吾介は何度目かの恨み言を言った。冬だというのに四角い顔を黒く日焼けさせているが、もしかしたら元々の肌の色かもしれない。

橋場は西南戦争で西郷隆盛とともに戦った生き残りで、政府の追及を逃れ、九州から遠く北海道まで逃げてきていた。今はこの函館で日雇いの人足をしながら日銭を稼いでいる。

「声が大きいぞ、橋場」

向かいあわせに座った男が、橋場の手から徳利を離させてなだめる。

「おぬしは悔しくなかっか、佐倉又造」

橋場は赤い目で睨み上げる。酔いが回って頭が卓からあがらないのだ。

「悔しいさ」

佐倉又造と呼ばれた男は静かに言った。彼も橋場と同様、西南戦争の脱走組だった。口入れ屋で日々の仕事をもらう身だが元は薩摩藩で城勤めの経験もある。ずんぐりした橋場とは対照的に痩せた男で、とがった顎と目の下の傷に特徴がある。

「いや、おぬしは悔しくなか。いっつもそげん冷たい顔をして、なにを考えとるんかまったくわからん」

「困った酔っぱらいだな」

佐倉は苦笑して溢れそうにつがれた酒をすすった。居酒屋は一仕事終わった職人や人足で溢れ、ガヤガヤと賑やかだ。片隅の酔っぱらいを気にとめるものもいない。しかし佐倉は橋場の声がこれ以上大きくならないように気をつけていた。

「十年前の箱館戦争で……脱走軍が勝っとればなあ……」

橋場は卓に額をぐりぐりと押しつけた。

「北海道を独立国にする計画だったんやと。そうしたらこの地は侍の国になっとった。わしらが生きていける国に」

「そんな夢物語を」

「榎本武揚（えのもとたけあき）、大鳥圭介（おおとりけいすけ）、それに新撰組の土方歳三……こんな人材がおってなんで負けてしもうたんや」

「新撰組は俺たち薩摩の仲間を殺したやつらだぞ」

「それでもやつらは侍だった……侍の魂を持っとった……」

橋場の声が小さくなり、やがてすうすうと寝息が聞こえてきた。

佐倉は眠ってしまった友人を見つめ、軽く息をついた。新しい年を迎えたが、今年も去年ときっと変わらない。いや、侍にはますます生きづらくなる一方だ。

「だが橋場、俺はまだ侍を諦めておらんぞ」

店の奥で笑い声があがる。警察の制服を着た男たちが騒いでいるのだ。連中は巡査というだけで刀を持っている。武士でもないのに。佐倉は苦い思いで目をそらした。

やがて店も看板の時間となり、佐倉は友人を担いで外へ出た。

細かな雪が夜の中に舞っている。氷の粒が顔に吹きつけ、あっという間にまつげが凍った。

「さ、寒ぃ……」

肩の上で橋場が震える。

「なあ、佐倉ぁ。なんでわしらはこげん北の国ば来てしもうたのかの。故郷が恋しいのぅ……あったかい国が恋しいのぅ……」

「俺たちはもう故郷（くに）には帰れん。家を捨て、国に捨てられ、出てきたのだ」

「寂しいのう……佐倉ぁ。それもこれもわしらが侍でのうなったからか……」

ずるずると橋場の体が肩から落ちる。雪の中に顔を突っ込んだ友人を見て、佐倉は天を仰いだ。

「侍でなくなった？　いや、違う。俺たちは——俺は侍だ、武士だ。日雇いをし、泥水をすすり、石を腹につめても俺は侍だ。侍がこの国を動かしてきた。農民や商人や異人どもではない。日本は侍の国、俺たちの国だ！」

雪が顔面に吹きつける。そんな中、佐倉は気づいた。目の前の空間の一部に雪の白さがない。丸く黒く抜けている。

そこに何か雪を阻むものがあるのか？

佐倉は目を細めた。闇と同じ、いや、闇よりも黒いものがある。——ものが、いる。

「なんだ……？」

それは佐倉に語りかけてきた。

——サムライ……サムライノ……クニ……

音ではなく、頭の中に直接言葉が流れ込んできたようだ。

「きさまはなんだ！」

思わず腰に手をかけ、そこに刀がないことに舌打ちする。

——サムライノクニ……カナエルタメノ……チカラ……ホシイ　カ……

佐倉は目を見張った。こいつはなんだ？　魔か鬼か？　自分の心を見透かしているのか。俺の思いを、望みを、夢を。

だが、一方でこれは危険なものだということは佐倉にもわかった。

――……

佐倉の逡巡をそれは嗤ったような気がした。

その望みはなんとしても叶えたいものではなかったのか？　怯え、ためらい、機会を逸してしまうつもりか、と。

そうだ、もとより、今のまま一生を終えるつもりはないのだ。

「ならば……なにと引き換えても……俺の身と換えても」

佐倉は両手をそれに伸ばした。

「俺をもう一度侍にするならば……！」

それは歓喜に震えて佐倉の中に飛び込んできた。

一

明治十三年、新しい年になった。

宇佐伎神社は雪が降らなかったおかげもあり、けっこうな参拝客が来た。

カランコロンと本社の鈴は鳴りっぱなしで、賽銭箱にも景気のいい小銭の音が響く。

兎月手作りの籤もよく出た。凶が一枚も入っていない神籤は引いたものみんなの顔をほころばせ、喜ばせた。

パーシバルが案内したのか、異人たちも多くやってきた。クリスマスパーティで兎月が祓魔師（ふつまし）のような真似事をしたのを見ていたものもいて、よく話しかけられた。

ツクヨミは大勢の参拝者に誇らしそうだった。神使のうさぎたちも喜んで参拝客の足元にまとわりついていたが、当然見えるものはいなかった。

三が日を過ぎると人も少なくなった。

五日目に兎月は麓の石段の両脇に杭を打ち、しめ縄を張った。横には立札を立て、こう記した。

「四月まで宇佐伎神社は富岡町のパーシバル商会に仮社を置く」

雪が積もれば石段を登るのにも苦労する。せっかく登っても神様がいなければ無駄足だ。滑って転げ落ちて怪我をされても困る。

うさぎに入ったツクヨミは兎月の懐から顔を出してその立札を読んだ。

「これでわかってくれるかの？」

「大丈夫だろ。しめ縄を越えて入るようなやつはいないさ」

「字が汚くて読めないかもしれん」

「うるさい」

兎月は杭を打ち込んだ木づちを肩に担いだ。

「よし、パーシバルのところに行くか」


パーシバル商会の隣に造られた仮社は、玉砂利が敷かれ、鳥居も建ち、小さな手水場も作られている。周囲も落ち着いた風合いの御簾垣(みすがき)で囲まれ、立派なものだった。

兎月は新しい木の香のする社に、ツクヨミのご神体である鏡を納めた。それから奉納された自分の刀、是光を納める。

立ち会うのはパーシバルただ一人。

社の扉を閉め、玩具のような鈴をチリチリと鳴らすと、やはり新しく造られた賽銭箱の上にツクヨミが姿を現した。

「おお、無事顕現(けんげん)できたぞ」

ツクヨミは賽銭箱の上で自分の体をパタパタ叩いた。神使のうさぎたちもぴょこぴょこと湧いてくる。

「よかった。少し心配だったんデス。社を造ってもツクヨミサマが降りてくださらなかったら困りマスからね」

「普通はこういうの神主が儀式なんかをするんじゃないのか？」

兎月はすべすべとした木の肌を撫でて言った。

「どんな儀式や手順で行われようと、ご神体が移動すればそこが神座だ。なによりアーチー・パーシバルは異国の人間といえども巫だ。神を降ろすには適任」

ツクヨミは社の小さな扉を開け、中に入った。

「うむ、中の作りもみごとなものだ。兎月見てみろ」

「あいにくだが俺は入れねえよ、狭すぎる」

社はちょうどツクヨミが一人、立って入れるくらいの大きさしかしかない。兎月は顔を突っ込むのがせいぜいだ。

ツクヨミが出てくるとうさぎたちがいっせいに社の中に入った。ぎゅうぎゅうと押し合って潜り込み、小さな窓からふわふわの毛皮をはみ出させる。

「うさぎたちも気に入ったようだな」

ツクヨミは満足そうにうなずいた。

「鳥居は大五郎サンが用意してくれました」

パーシバルは赤い鳥居を振り仰いだ。町中に建つ社のため、鳥居はそれほど大きくも太くもない。

だが、真新しく塗られた鳥居の赤は冬の日差しにぴかぴかと輝いて、否が応でも目立つ。

鳥居の脚には「有志一同」と彫り込まれ、大五郎組の名前はない。やくざである自分たちは宇佐伎神社とのつながりをおおっぴらに出せないと、遠慮したのだ。

「……〝大〟くらい入れてもよかったのにな」

今度菓子でも持っていくか、と兎月は彫り込まれた文字を見ながら思った。

「では次は兎月サンのお部屋にいきましょう」

実はパーシバル商会から仮社へは正面から回らなくても行けるように造られている。囲んでいる御簾垣の一部を押すと、そこが開き、すぐに商会の木戸になる。昼間のうちは木戸のかんぬきはかけられていないので、庭から自由に行き来できるのだ。

「そういや、ツクヨミはここから出られるのか？」

兎月は後ろからついてきているツクヨミに言った。普段、神社から出るにはうさぎの体を借りなければならない。

「わからん、試してみよう」

兎月は御簾垣の扉を開けた。ツクヨミが緊張した顔つきで足を踏み出す。

「……よし」

ツクヨミの体が御簾垣から出た。そのまま木戸の中にするりと入る。

「出られた！」

ツクヨミは嬉しそうに両手を上げて叫んだ。見守っていたパーシバルと兎月が「おーっ」と拍手をする。

「そうか、今、この屋敷は我の社務所のようなものになっているのだ」

「社務所って……」

兎月は庭からパーシバル商会を見渡す。元薬種問屋を改装して作られた屋敷は仮社の何倍の大きさか。

「社務所にしちゃあでかすぎるだろ」


パーシバルが案内してくれた兎月の部屋は、和室だった。六畳ほどの広さで、パーシバルは狭くて申し訳ないと何度も謝ってくれた。だが、板張りの社に住んでいた身としては、畳が敷いてあるだけでありがたかった。

「布団と文机、柳行李(やなぎごうり)も用意しました。こんな感じでよかったデスか？」

「ああ、十分だ」

文机の上には硯箱(すずり)と帳面がおいてある。

「これは？」

「ああ、それは」

　パーシバルはにやりとした。

「句帳デスよ。兎月サン、俳句をやられるでしょう？」

　楽しげに言うパーシバルに兎月はぎょっとした。

「なんでそれを」

「ナンででしょう。ワタシの中に土方サンが残していった記憶でしょうか？　兎月サンに俳句をやらせなきゃって」

「いや、俺はもう」

　兎月は首を振って文机からあとずさった。

「ダメですよ。土方サンの供養のためにも一日一句作りましょう」

　パーシバルは帳面を拾い上げ、真新しい頁（ページ）を開いて兎月に見せる。

「勘弁しろ、五稜郭でだって毎日うんうんうなってたんだ。素振り千本やる方がましだって」

　障子に背をつけた兎月に、パーシバルは帳面を持って迫った。

「ダメですよー。そしてできたらワタシに見せてくださいね」

「助けてくれ！」

兎月はツクヨミに向かって叫んだが、小さな神はにやにやと人の悪い笑みを浮かべているだけだった。

その日から兎月は朝晩の食事の世話と暖かな夜具を手に入れた。ツクヨミは社にいたり兎月の部屋に現れたり、好きにしている。ときどきは兎月の夜具に潜り込んできたりもする。

「寒いわけではないぞ」

ツクヨミはまじめな顔で言った。

「いつも一緒にいたからな、その、おぬしが寂しいかもしれんと思っただけだ」

新しい年はそんなふうにおおむね平和に始まった。

一月も半分すぎた頃、山から再び怪ノモノが降りてきた。

兎月はうさぎたちと夜の町に飛び出した。ただし、木戸が閉まっているため、兎月は富岡町から出ることができない。神使のうさぎたちが夜の空を飛び回り、怪ノモノに絡みつきながら兎月のもとまで誘導する。

そのため一晩に一体くらいは取り逃がすことがあった。

「くそっ、一匹斬れなかった」

その夜は細かな雪が風に乗って吹きつけてきていた。顔中、とげのように鋭い氷の粒に打たれ、奮闘したが一体すり抜けてしまったのだ。

「我のうさぎたちが追ってる」

うさぎの体を借りたツクヨミが、鼻先を赤くしながら吹きつける雪風に向ける。だが、しばらくしてがっくりと耳を垂れた。

「だめだ、見失った」

「この吹雪じゃな。仕方がねえよ」

兎月は目をぱちぱちと瞬かせて、凍りつきそうなまつげを動かす。

「くそっ、寒くて腕が動かねえ」

「諦めよう。次を頑張ればよい」

「ああ」

ツクヨミはうさぎたちを呼び戻した。兎月は腕を抱えてパーシバル商会に戻る。

しかしこのとき逃した一体が、暗い恨みを抱いた侍の中に入り込んだことを、兎月もツクヨミも知らなかった。

二

遠くで半鐘（はんしょう）が鳴っている。

ぬくぬくと搔巻にくるまっていた兎月は、その音にあわせるようにペチペチと頬をはたかれ目を覚ました。

「――なんだ？　火事か？」

「近くだ」

兎月の枕元に座っていたツクヨミが言った。

急いで障子を開けて縁側に出ると、庭の向こうが赤くなっている。

「ほんとに近いな」

夜着の上に半纏をまとい、庭から木戸を通って屋敷の外へ出た。屋根の間が明るい。

他の建物からも人が出てきて伸び上がって見ていた。

兎月の足下にうさぎが走ってくる、ツクヨミだ。パーシバル商会から出たのでうさぎの中に入ったのだろう。その体を抱き上げ、肩の上に乗せた。

「ここまで来そうか？」

ツクヨミうさぎが体をぶるぶると震わせながら言う。

「いや、もう消えそうだ」

兎月の返事通り、じょじょに夜空の赤さは薄れてゆき、今は煙だけが夜の中に白くあがっている。

「よかった。石作りの建物が増えたせいだな」

ツクヨミの言う通り、外国人の商業施設や町の公共施設が多いこの辺りでは煉瓦（れんが）で造られた建物が多い。煉瓦の建物は延焼を防ぎ、被害は広がらない。

「しかし、火事が多いな」

兎月はつぶやいた。

「今月に入ってもう……三回目か？」

兎月は記憶をたどった。パーシバル商会に来てからの数だ。多すぎる。

「この町は何度も大火に見舞われているから、人間たちも用心しているはずだが……」

きな臭さに鼻をひくつかせ、ツクヨミも不審げに言った。

「放火デス」

二人の問いに答えたのはパーシバルだった。

朝食を終えたあと、兎月は神社の境内で素振りをする。今までは水汲みや厨で自身の食事の用意をしていたが、パーシバルの家に来てからそういう雑事をすることがなくなった。その分、剣術の修行時間を増やしたのだ。

パーシバルはツクヨミと一緒に仮社の小さな階に座ってそんな兎月を見守っている。手には湯飲みを持っていた。

「昨夜のは明らかに火の気のない場所から燃えマシタ。被害にあったヤマモト商会は建物の周りを砂壁でぐるりと囲っていマス。どうも外から火のついた松明(たいまつ)のようなもの放り込まれたらしいデス」

ふうっと湯飲みに息を吹きかけ、パーシバルは茶をすする。

「そうなってくると、先の、二件も、あやしいな」

兎月は竹を切って作った竹刀を振りながら言った。

「そうデスね。実はもう警察が動いています。昨夜のヤマモト商会のときも、巡査が帯刀した人間を見ていマシタ」

「帯刀？　侍か？」

腕を振り下ろすと玉砂利に汗が飛び散る。五百回も振れば汗だくになるので、冬の朝でも上半身は脱いでいた。

「二本差しだったそうデス。動きが機敏だったということで、最近刀を差した平民というわけではないでしょう」

「巡査は追いかけたのか？」

竹刀を振るのをやめ、兎月は御簾垣にひっかけておいた手ぬぐいを手にした。

「二人、後を追いましたが、一人は斬られてしまったそうデス。目にも留まらぬ早業で、そうとう腕が立つ相手だと」

「へーえ」

「おい」

階に座ったツクヨミが足を組み直す。

「兎月、嬉しそうな顔をするな。悪い癖だ」

「おっとすまねえ」

兎月は片手で自分の頬を張った。

「帯刀した火付けか、やっと町も復興したってのに、許せねえな」

汗をざっと拭くと、兎月ははいでいた着物の袖に腕を通した。

「今夜から町内の男衆が見回りをするそうデスよ」

「俺も行きたいな。腕の立つ侍、いや火付けが相手なら平民じゃ危ない」

ツクヨミがじろりと睨んでくるので、兎月は愛想笑いをしてみせた。

「ワタシから話してみましょうか、見回りに参加できるように」

「そうだな、頼む」


その夜から兎月は町内の男たちと夜の町を歩き始めた。外国人の会社や店が多い場所なので、見回るのは雇われている社員や手代が多い。元侍である兎月が加わることは心強く思われたのか、逆に歓迎された。

見回っていると時折巡査の警邏にも出会う。だが連絡はちゃんと伝わっているらしく、とがめられることはなかった。

朝、食事をとって素振りをする。神社の掃除をしてから町を歩き回る。逃した怪ノモノが入り込んだ人間を捜すためだ。

夕方、戻って飯を食う。軽く素振りをして見回りに出る。寝る前にまた素振り。

そんな日々を数日続けていたがあれからピタリと火の気はない。

「兎月サン」

夜五ツ（二十時頃）パーシバルがバサバサと大きなマントを羽織って外へ出てきた。

そのときには兎月は町内の男衆と出かけるところだった。

見回りを始めて十日も経った頃だったたか。

「今日はワタシも見回りにいきマス」

「頭取がそんなことすんなよ。店の人間が困るだろ」

「ワタシだってこのチョーナイの人間です。少しはお役に立ちたい」

パーシバルの言葉に一緒に見回る予定の男衆たちが顔を見合わせる。

「いや、パーシバルさん。あんたの身になにかあったら店の人たちに叱られますよ」

「そうですよ、お気持ちだけありがたくいただきます。ここはわしらに任せてください」

パーシバルは不満そうな、情けないような顔をして兎月を見た。連れていってほしいと筆で黒々とその顔に書いてあるかのようだ。

「……パーシバルには俺がついているよ」

兎月はしぶしぶ言った。

「危ないことはさせねえから」

パーシバルはその言葉に大きくうなずき、男衆に手をあわせる。函館でも有数の実業家であるパーシバルにそこまでされて、町内の男衆も仕方がないと苦笑を零した。

「物見遊山じゃねえんだからな」

嬉しそうな顔でついてくる異人に兎月が言う。

「わかってますヨ、しっかり見回りマス」

パーシバルは楽しげに兎月の前を歩いた。手には龕灯提灯を持っている。筒型の照明器具で燭台に乗った蠟燭が入っているが、この燭台は龕灯をどう動かしても常に上を向いている。まっすぐに前のみを照らす提灯で、中の蠟燭は一本なので灯は弱々しい。しかし、足元くらいは丸く照らせた。

満月ではないが、空は明るく輝いて、辺りはうっすらとものの形もわかる。

パーシバルと兎月の後ろからついてくる男たちは拍子木を打ち、「火の用心」と声を放っていた。

「シカシこんな大声を上げて見回っていたら、付け火をしている犯人は逃げませんか？」

パーシバルが不思議そうに言う。

「それでいいんだよ、放火をさせないようにと見回っているんだ」

「犯人を捕まえるのかと」

「それは巡査どもの仕事だ。俺たちはあくまでも牽制役だ」

「なんだ、兎月サンの活躍が見られるかと思ったのに」

「やっぱり物見遊山じゃねえか」

そんな会話を鋭い笛の音が遮った。警邏している巡査の呼び子だ。

「な、なんデスか？」

後ろについてきていた男たちもオタオタと周囲を見回した。

「くせものが出たんだ」

「放火犯人デスかっ⁉」

ピー、ピーと吹きならす、けたたましい笛の音。石造りの壁に反響してどちらから聞こえてくるのかわからない。

「犯人と遭遇したらまずい、あんたらは戻った方がいい」

兎月が男衆にそう言うと、彼らはあわてて元来た道に向かって駆け出した。

「パーシバル、あんたも戻れ」

「大丈夫、ワタシにはこれがあります」

パーシバルは懐から短銃を取り出した。金属でできた銃で、グリップやシリンダーに繊細な植物の図が彫り込まれている。

「ルフォーショージャねえか」

ベルギー製の優美な6連発の回転式けん銃（リボルバー）だ。曲線を帯びたグリップが懐古趣味的（アンティーク）な印象を与える。

「よくご存じで」

「ブリュネ先生が使ってた銃だ、当たらねえぞそれ」

兎月とパーシバルは壁に沿って走った。

「今日、ツクヨミサマは？」

「いるぞ」

ツクヨミはそう言ってうさぎの頭を兎月の懐から出した。うさぎは鼻をぴくぴくと蠢かし、

「神使を守るのは主神の役目だからな」と言った。

「懐炉代わりなんだ」

兎月はうさぎを懐に押し込む。ぶう！　と懐の中でうさぎが不満の声を上げる。

「笛の音が聞こえなくなりマシタヨ」

パーシバルは金髪を振って空を見上げた。兎月も耳をすましたが、確かに呼び子が聞こえない。

「見失ったのか？」

前方から走ってくる足音が聞こえ、兎月は持っていた龕灯をその方へ向けた。

丸い光の中に、袴姿の男が浮かび上がった、腰に二本の刀を差している。顔は黒い布をぐるぐると巻きつけて目しか見えなかった。どう見ても巡査ではない。

「きさま……！　火付けの」

男の右手が光ったかと思うと、鼻先の空気が割れた。

「うをっ！」

目にも見えない速さで刀が抜かれていた。顔を引くのが一瞬遅れたら鼻が消えているところだ。

「なるほど、腕が立つ」

兎月は懐に手を入れうさぎを取り出した。

「パーシバル、頼む」

ぽいと放るとうさぎが「ぶーっ！」と威嚇音をたてる。パーシバルの両手の中に白い毛玉がすぽりと収まった。

「兎月サン！」

「仲間がいるかもしれねえから、俺のそばを離れるな」

兎月の伸ばした右手の中に光が集まる。それはたちまち剣となった。

「なんだ、おまえ、それは」

相手はさすがに驚いたようだ。

「便利だろ」

兎月はにやりと笑う。相手は刀を正眼に構えた。

「そこの異人に雇われたのか、日本人の誇りはないのか」

男は吐き捨てるように言った。

「火付けに誇りだのなんだの言われてもな」

「大義のためだ」

「誰の大義だよ」

男と兎月はじりじりと壁から離れた。パーシバルの持つ龕灯の明かりが二人を照らし出す。

「……兎月！」

パーシバルの手の中でうさぎが鋭く叫ぶ。

「そいつ、怪ノモノに憑かれている」

ぴくっと兎月の小指が反応する。相手は一気に踏み込んできた。

「キエエエエッツ」

化鳥のような甲高い声。岩をも砕きそうな勢いの突き。

ぎりぎりで兎月はそれを跳ね上げた。いや、上げられなかった。方向をそらしただけだ。重い突きが兎月の上腕を斬り裂く。

兎月は跳びすさり距離を取った。

「示現流か、きさま、薩摩か」

言い終わる前に飛び込んだ。相手の呼吸に飲まれては負けだ。激しく打ち込むがことごとく弾かれる。

(強い)

背筋がぞくぞくした。悪いくせだと言われても、強い相手と戦うのは魂が震える。斬られた左腕の痛みも気にならない。体中の熱が手から剣に宿り、夜の空気を溶かす気がした。

ガキン！　と刃が噛みあい、交差させた剣の間から男の目が見えるほど顔を近づけた。

その目は死人のように冷たく動かない。

「兎月！」

背後からツヨクミの声が、――悲鳴が聞こえた。

はっと意識を向けるとパーシバルのそばに別な男が迫っていた。

パーシバルは銃を向けた。パンッと小気味いい音がした。だが、銃声が鳴っても男は止まらず、その刀が振り上げられた。

「避けろ！」

兎月が叫んだとき、覆面の男が切りかかってきた。兎月は地面に仰向けに倒れ、足でその手を蹴り上げた。たまらず男が刀を落とす。

「わあっ！」

聞き覚えのない悲鳴が聞こえた。壁に背をつけ、腰を落としているパーシバルの前に男が立っていた。その顔にうさぎが張りついている。

「ツクヨミ！」

男は顔からうさぎをはぎとり、地面に叩きつけると逃げ出した。覆面の男も落とした刀を拾い、その後を追った。最後にちらっとこちらを振り返ったその目もやはり冷静だった。

「パーシバル！　ツクヨミ！」

兎月は地面にへたりこんでいるパーシバルのそばにしゃがむと、肩に手をかけた。横向きで倒れているうさぎにも声をかける。

「ワ、ワタシは大丈夫。ツクヨミサマは」

「……大丈夫だ」

うさぎはよろよろと起きあがる。頭をぶるるると激しく振ったあと、ふらついたので抱き上げた。

「パーシバル、怪我をしたな」

マントが切れて、そこから覗く右の腕に血の筋が見えた。

「兎月サンこそ」

兎月も左手に傷を負った。

「俺はかすり傷だ。……すまねえ、大口叩いたのに怪我を負わせてしまった」

「気にしないでくだサイ。半鐘は鳴っていない。ドコにも火はつけられなかった。それに犯人の顔を見たでしょう」

覆面の男はわからないが、もう一人ははっきり見えた。兎月はうなずいた。

「手がかりができました。お手柄デスよ」

そう慰めてくれるのが逆に辛い。

兎月は襦袢の袖をちぎるとパーシバルの腕に布を巻きつけた。指が震えている。

(なぜこんなに)

よみがえってから、近しい人物が血を流したのは、ああ、あれはパーシバルのところで働いていた幸薄いお甲だ。あのときだってかなりうろたえた。昔は誰が傷ついても死んでも平気だったのに。

今は誰も――失いたくない。

「兎月」

うさぎがその柔らかな前脚で兎月の膝に触れた。温かさに泣きたくなったが、兎月は唇を噛んでそれに耐えた。

三

火事で半分焼けた寺の本堂に、男たちは集まっていた。

佐倉又造と橋場吾介、他に五人の男がいる。全員若い。一番年上の望田信之もまだ二十七歳だ。

佐倉が若い男ばかりを仲間にしたのは、妻子がいないことを条件にしたからだ。

「いいか」

佐倉は集まった男たちに言った。

「俺たちはこれから大義のために動く。侍の世を取り戻すためだ。そのためには顔をそむけるような悪を行うことにもなるだろう。大勢の人間が死ぬかもしれない。だから情に流されるようなやつは必要ない。家族は弱みになる。情けを捨てろ、心を捨てろ」と。

たった七人でなにができるのか、と仲間の男たちは言った。

「たった七人でも――堤防は小指ほどの穴が開けば崩れるのだ」

そのためには金を貯め、武器を集める。十分に兵隊が育ったら東京へ行き、日本の頂点に立っているやつらが集まっている場所を襲撃する。頭がいなくなれば所詮自分の利益しか考えない地方の寄せ集め者たちだ。すぐに分裂するだろう。

時を同じくして不満を抱えている武士たちを東京へ集め、宮城（きゅうじょう）を占拠する。

「帝さえ手に入れれば俺たちの勝ちだ。俺たちは官軍だ」

佐倉の言葉に男たちは酔った。たった七人で日本を変えるという興奮に酔った。

誰一人冷静に考えようとするものはいなかった。

誰かが気弱げな発言をすると、佐倉が彼の肩を抱き、こんこんと説く。そんなとき、佐倉の体が黒くぼやけて見えることがある。別の人間の姿がだぶって見えることもあるのだが、目にしたものは次の瞬間には忘れてしまうのだ。

「しかし昨夜は危なかった。見回りの中にあんな手練（てだ）れがいたとは」

「橋場は顔を見られたな」

佐倉は友人に言った。

「しばらく家にこもるかひげでも伸ばすさ」

橋場は四角い顎をこすって笑った。佐倉は無言で橋場を振り向くと、いきなりその顔を殴りつけた。

「な、なにをする！」

「顔を変えれば問題ない。おとなしくしろ」

佐倉は倒れた橋場の上に馬乗りになると、容赦なく拳で顔を殴りつける。目の上や頬を殴られて橋場は悲鳴を上げた。

「もうやめろ、佐倉さん」

「やめてくれ、橋場くんが死んでしまう」

さすがに仲間たちが止めに入る。後ろから佐倉を引きはがした望田は、自分をチラと見た彼の目がなんの感情も宿してないことにぎょっとした。

不始末を怒っているわけでも興奮しているわけでもない。ただ、「顔を変える作業」を冷静に行っただけなのだ。

佐倉は肩を揺すって望田から体を離すと、橋場を殴った拳を振った。床に自分の血と橋場の血が勢いよくまき散らされる。

「橋場、冷やすな。顔は腫らしておけ。それとあとで歯を二、三本ぬけ。それでかなり人相が変わる」

佐倉は冷ややかに言って再び仲間たちの前へ座った。

望田は佐倉から離れ、橋場を助け起こすと壁ぎわに横にならせた。窓から吹き込む雪を少し摘まんで、手ぬぐいに入れて目の上に当ててやる。冷やすなと言われてもこのままでは熱が出かねない。

「大丈夫か、橋場くん」

「あ、ああ……」

望田は橋場の頬にも手ぬぐいを当て、小声で囁いた。

「──佐倉くんはやりすぎだ」

「いや、俺が悪いんだ……佐倉はみんなのことを考えて……あいつを責めんでくれ」

殴られても橋場は佐倉を庇った。長くつきあっている友人を信じているのだ。

「しかし、佐倉さん。今のところ我らがやったことはあちこちの店に火をつけるだけだ。それもぼや程度で済んでいる。これになにか意味があるのか？」

仲間の一人が佐倉の気をそらすためかそんなことを聞いてきた。

「それが狙いだ。今、連中は火付けだけを警戒しているだろう。我らの本当の狙いは異国人商社に押し入り異人を殺して金を奪うこと」

あぐらをかいた佐倉は手元に刀を引き寄せ、ぱちんと鯉口(こいくち)を切った。

「やつらが日本で稼いだ金は日本のもの。国外へ持ち出させてはならん。そいつを奪って我らのために使えば日本のために生きた金になる」

　佐倉は仲間の顔を見回した。

「今度、蓬萊町の大遊郭に火をつける」

「遊郭に、だと？」

　その言葉に橋場を介抱していた望田がびくりと体を震わせた。佐倉は望田や橋場の方を見もせずに、目の前にいる仲間たちに顔を近づけて声をひそめる。

「大勢でいっせいに火をつけ大火事にする。江戸の吉原大火くらいにな。そうすれば函館中の火消しや役人、男たちが蓬萊町に押し寄せる。そのすきに富岡町のパーシバル商会に忍び込み、頭取と中の人間を皆殺しにして金を奪う」

「パーシバル商会というと……」

「そうだ。この函館で一番金を持っているやつだ。そして昨日、俺の邪魔をしたやつと一緒にいた」

　佐倉の動かない目の中に、一瞬、憎悪の光がひらめいた。だが、それは瞬きのうちに消え去った。

　兎月は早朝、警察に呼ばれ、目撃した男の人相書き作りに協力した。もう一人が示現流の遣い手であることも伝えた。案外と時間がかかり、昼をだいぶ過ぎてしまった。

警察は何人かの元士族が動きを共にしていることをつかんでいたが、彼らの名前や住処が判明するまでには至っていなかった。

「兎月」

懐に入っているツクヨミうさぎが声をかけた。警察署にいる間、ツクヨミは眠っているのかと思うほどおとなしくしていた。

「昨日からずいぶん元気がないな」

「ああ」

兎月は腕を懐に入れてうさぎの頭を撫でた。

「パーシバルが怪我をして思ったんだ。俺はずいぶんと臆病になってしまったと」

「臆病？」

「自分が傷つくことなら恐れはしない。だが、もしパーシバルやお葉さんやおみつや……大五郎やその長屋の人たちが、汐見町で俺に声をかけてくれる人たちが怪我をしたり命を落としたりしたらと考えると、怖くて仕方がない……俺はこんなにいくじなしだっただろうか」

ツクヨミは黙った。兎月は道を歩きながら通りかかる人々の顔を見つめた。

ほとんどは知らない人間たちだ。男も女も年寄りも子供もいる。みんな今日を生きて明日も生きるつもりだ。いや、誰も、自分が死ぬなどとは考えていない。だが命は些細なことであっけなく失われるのだ。

「兎月、それは臆病になったのではないよ」

ツクヨミが静かに言った。小さな声だったので兎月は立ち止まった。自分の足音程度でかき消えてしまう声だ。

「それはおぬしが命を大事に思うからだ。そして大事に思うならそれを守れるはずだ。兎月、おぬしは今新しい力を手に入れたのだ。それでとまどっているだけなのだ」

「……そうかな」

兎月は歩き出した。懐の中の手にうさぎが顔をすり寄せる。コリコリと耳と耳の間を指でかいてやりながら、人通りの多い明るく広い道を歩いた。

まっすぐに頭を上げて歩いていった。

望田信之は借りている長屋の一室で、座って畳を見つめていた。畳の上には全財産が置いてある。日銭を稼いでこつこつ貯めた二十円。

望田はぎゅっと袴を握った。何度数えても二十円しかない。これではとても足りない。

ぎりぎりと袴のしわが渦を巻いてゆく。いくら考えてもこの金を増やす方法は思いつかなかった。

「大義のため……」

仲間である佐倉が言う大義。それがときどき何かわからなくなる。

望田は佐倉と日雇いの土木現場で知り合った。今の世の中への不満と不安を口にしていたら、そんな世の中は変えよう、侍が住める国を作り直そうと仲間に誘われた。

彼の語る夢や理想は、望田には心地よかった。

「この国は侍の国だ。我らが支え、守らなければ。そのためには今の政府ではだめだ。我々はその間違いを正すために立ち上がるのだ」

佐倉が話しているときはなんでもできそうな気がするが、一人になってみるとどうやってそれを行うのかと疑問が湧く。

佐倉は政府の要人を殺して自分が成り代わろうとしているのだろうか。そんな彼に誰が従うのだろう。

遊郭に火をつける。囮（おとり）にするために。何千人もの遊女が死ぬかもしれない。そのことをどう考えているのだろう。

だが望田は年下の佐倉を止める勇気もなかった。他の仲間も熱に浮かされたように、佐倉につき従っている。佐倉に反対すれば裏切り者として殺されるかもしれない。

「今は……死ぬわけにはいかない」

それにしても金、金だ。

佐倉が遊郭に火をつける前に金を作らなくては。


その夕刻、望田は汐見町に入り、木戸が閉まる時間まで潜んでいた。

深夜となり、凍るような夜気の中、寒さにガタガタ震えながら目星をつけていた一軒の店に入った。

さほど大店ではないが繁盛している。なにより店に男がいないのがいい。美人の後家の一人住まいだ。

女の一人住まいなだけあって、戸締まりが厳重だ。だが望田は函館へ流れ着く前、奥羽で盗人の組の用心棒になったことがあった。そこで雨戸の外し方を教えてもらった。

ゆっくりと時間をかけ、用心深く望田は雨戸を外した。

そろそろと足を忍ばせ、廊下を進む。家の中はまっくらで、手探り状態だ。間取りもわからず闇雲に進んでもどうしようもないことくらい、望田にもわかっていた。

指の先が障子に触れた。望田は注意深く音を立てないようにそこを開けた。しばらく中の様子を窺ったが、目的の部屋ではなかった。

もう少し進むとまた部屋があった。こちらも同じようにそっと開け、顔を入れる。耳をすますとすうすうとかすかな寝息が聞こえた。

この部屋が望田の目当ての部屋だった。

手探りで部屋の中に入ると布団に触れた。望田は布団のへりにそってじょじょに上の方に移動する。目が慣れてきて、真っ暗な部屋の中でもそこに寝ているものがいるのはわかった。

「おい、起きろ」

望田は押し殺した声を上げた。

ひっと息を呑む音が聞こえた。衣擦れの音と激しく呼吸をする音。

「落ち着け。殺しはしない。金が欲しいのだ、おとなしく出してくれ」

望田はしばらく待った。自分の言葉が相手の腑に落ちるまで。

「どなたですか」

女は震えながら、しかし落ち着いた様子で尋ねてきた。

「金を奪いに来たものだ。盗人とも押込みともなんとでも呼んでくれ」

「わたしの家にはお金など」

「大金が必要なわけではない。五十円……いや、四十円でよい。都合してくれ。この店が流行(はや)っていることは知っている。そのくらいなら月末の用足しのために置いてあるだろう」

女は押し黙った。

「殺しをしたくはないのだ。頼む」

顔は見えなかったがぼんやりと白い肌だけ見えた。きっとふたつの目で暗闇の中の自分を睨んでいるのだろう。

「……なぜ、お金がご入り用なのですか」

女の言葉遣いは丁寧だ。接客を生業(なりわい)としているせいだろうか。

「大義のためだ」

「大義？」

首をかしげたのだろうか。サラリとした衣の音は袖を動かしたからかもしれない。

「大義のために一人暮らしの女の家に押し入るとは思えません。本当のことをおっしゃってください」

「……」

今度は望田が黙る番だった。

「……なぜでもよいだろう」

「そうはまいりません。わたしにとっても四十円は大金です。お渡しするならせめて理由を聞きたい。何に使われるのか知りたいのです」

妙な女だった。命乞いも救いも求めず理由が知りたいなどと。落ち着いた優しい声に望田は膝を整え、正座した。

「女のためだ」

「女……」

「女が遊郭にいる。そのままそこにいたのでは死んでしまう。その前に請け出したい」

「まあ」

暗闇の中で女が息を呑んだのがわかった。

「その方を好いておいでなのですね」

「そうだ、生涯一人の女だ」

明るかったらきっとこんなセリフは言えなかっただろう。暗くてよかった、と望田は思った。

「でも……」

女が思わず、というような感じで言葉を投げた。

「でも？」

「すみません……。でも、その方はどうなのでしょう。本当にあなたを好いていらっしゃいますか？　気を悪くなさらないでくださいね。聞いた話でしかないのですが、遊郭の女性は手練を使うと聞きます」

望田は思わず笑った。

「それは大丈夫だ。美代は俺の幼馴染で許嫁だった女だ」

「美代さん、とおっしゃるのですか」

しゃべりすぎた。だが望田の口からは勝手に言葉が流れ出た。

「幼い頃から兄妹のように育った。いつか一緒になるのだと互いに疑うこともなかった。だが維新の騒ぎで美代の家は禄を失い没落した。俺は官軍となり幕軍と戦った。手柄を上げれば美代の家を助けられると思った。だが新しい世は俺を必要としなかった……美代は……」

愛しい女の運命を思い、目の縁が熱くなる。

「美代は自分から遊郭に身を沈めた。北海道には関東から連れてこられたのだ。俺は美代を追ってこの地に来た。必ず救い出すと約束した……」

望田は畳に両手をついた。頭を低く下げる。

「頼む。今のままでは美代は死んでしまう。虫のいい話だと言うだろうが、今の俺にはこれしか方法がない。急ぎ美代を遊郭から連れ出さねばならんのだ！　金は必ず返す、約束する！」

「……美代さんは……ご病気なのですか？」

女が心配そうに聞いた。望田は本当の理由は答えられなかった。

「わかりました」

一呼吸おいて女が答えた。

「四十円、お貸ししましょう。あなたが言ったように幸いそのお金はあります」

女が身動きする音が聞こえた。望田は思わず腰の刀に手を添えた。だが、コトコトリと引き出しを開けるような音がして、次にはそこからなにかを取り出す音がした。

「暗くてわからないのですが、手文庫の中にお金が入っています。この文庫ごとお持ちください」

望田が手を前に出して左右に振ると、指先が固いものにぶつかった。手文庫だ。蓋を開けて中に手を入れると、がさがさと四角い紙に触れた。これが金だろう。

「すまん」

望田は手に触れた金を握り、懐に突っ込んだ。

「本当にすまん、感謝する」

「……美代さんとお幸せに」

ため息をつくように女が言った。望田は立ち上がり、障子戸まで下がった。女は黙っていた。

「……火事に」

廊下に出て望田は言った。

「火事に気をつけてくれ、近いうち大火になる」

「えっ!?」

女の驚いた声が聞こえたが、そのときには望田は廊下を走り、体をあちこちぶつけながら入ってきた雨戸から飛び出していた。


翌朝、パーシバル商会の隣の宇佐伎神社におみつが駆け込んできた。

「兎月さん！　兎月さーん！」

鳥居をくぐり玉砂利を蹴とばし、社の鈴をめちゃくちゃに振り回す。

「兎月さん――――！」

その声に兎月はパーシバル家の庭から木戸を通って神社に走ってきた。

「どうしたんだ、おみつ、早いな」

「大変なの！　うちに、満月堂に泥棒が入ったの！」

おみつは目に涙を溢れさせて叫んだ。

「なんだって――？」

「おかみさんてば四十円も泥棒に渡しちゃったの！」


兎月がツクヨミを懐に入れて満月堂に駆けつけると、店は普段通り営業している。のれんをくぐるとお葉が「いらっしゃいませ」と笑いかけてきた。

「お葉さん……！」

お葉は兎月と一緒にいるおみつを軽く睨んだ。

「いないと思ったら……やっぱり兎月さんのところへ行っちゃったのね」

「だって、だって、許せないんだもん！」

おみつは小さな足で地団駄を踏む。

「あのお金はおかみさんが洋菓子を作るためにおーぶんとかいう道具を買うので貯めていたんでしょう⁉」

「そうなんだけど……」

「それを黙って盗られちゃって、おみつは悔しくて仕方ないの！」

ついにおみつはわんわんと声を上げて泣き出した。お葉はおみつを抱き寄せると、胸の中で思う存分泣かせた。

「ありがとう、おみつちゃん。こんなに泣いて、怒ってくれて」

お葉は入り口に突っ立っている兎月に微笑みかけた。

「兎月さんもありがとう、わざわざ来てくれて。まあうさぎさんも」

うさぎは差し出されたお葉の手に乗り、心配そうに後脚で立ち上がって顔を見つめた。

「来てくれて、じゃねえよ。どういうことだよ」

「昨日、男の人が入ってきて……」

ざわ、と兎月は自分の全身の毛が逆立ったように感じた。

「なにかされたのか!?　怪我は!?」

「あ、いいえ、その人はなにもしませんでした。ただ話をしていかれただけで」

うさぎを撫でながら言うお葉の言葉に、兎月の怒(いか)っていた肩がどしんと下がる。はああっと深く息を吐いた。

「話を聞いて……金を渡したっていうのか」

「どうしてもお金が必要だと言われて」

兎月は目を閉じ天を仰いだ。

「そりゃあ言うだろうさ、盗人だから。でもよかった、お葉さんが無事で」

「ええ。ただひとつだけ気になったことがあって」

「気になったこと？」

「あの人、帰り際に火事に気をつけろって言ったんです。近いうちに大火が起こるって」

兎月はお葉から夜のことを詳しく聞いた。お葉は男と遊女の情にほだされてしまったらしく、なかなか話さなかったが、最近起こっている放火の話や不平士族のことを聞かされようやく口を開いた。

「お美代という遊女を身請けしようとしてるんだな」

「ええ、身請けはさせてあげてくださいね。お金は返すと言ってましたし」

「てめえの女を身請けするのに他人の金を使うやつなんざ、信用できるか」

そうだそうだと言うようにうさぎが頭を縦に振る。お葉は困った顔でうさぎの狭い額を撫でた。

「そうかしら……」

「そいつを捕まえて詳しく話を聞く」

「……乱暴はだめですよ？」

「火事の話を聞くだけだ」

兎月はバキバキと指を鳴らす。お葉は心配げに兎月の顔を見上げた。

「関東からつれてこられて名前は美代、もうじき身請けされる遊女ですね。それだけわかってればすぐ調べられますよ」

大五郎は得意げに言った。

「蓬萊町の遊郭には伝手(つて)がありやすから」

お葉から聞いた話ですぐに遊郭の女を当たろうと思ったのだが、ただ行って聞いてみても教えてはくれないだろうと大五郎に相談した。

大五郎は任せてくださいと自信たっぷりに言ったが、

「わかりやしたぜ、先生」

言葉通り、その日の夕方には神社に駆けつけた。

「お美代は茜(あかね)という名で店にあがってて、馴染みの客もいやした。その男が前々から茜を身請けしようとしてたらしいんですが、今朝金を都合してきて、大急ぎで請け出したそうです。お美代は太夫というわけでもなく、年も年季間近の二十五を過ぎてやしたから、店としても簡単に手放したんでしょう」

「請け出したやつの住まいはわかってるのか？」

「茜の同輩が聞いたそうなんですが、天神町の辺りらしいです。そっちにも俺の手下が走ってます。とりあえず長屋をしらみつぶしに当たらせてます。俺たちに任せてくだせえ」

「そうか、すまねえ」

大五郎はこの寒いのに腕をまくりあげてぴしゃりと叩いた。

「いや、ことは火事に関わるって言うんでしょう？　いくらだって走りやすよ。この町をまた燃えさせるわけにはいかねえ」

目を剝く大五郎に兎月はからかうように言った。

「燃えるとおまえが稼げるんじゃねえのか？」

「そりゃあ稼げますよ。だけどそのために火事を待つなんてこたあしやせん」

大五郎はすぐさま言った。それを聞き、兎月は頭を下げる。

「悪かった」

大五郎はあわてて手を振る。

「いやいや、冗談だってことはわかってますよ」

「悪い冗談だった。おまえだって町の大事な人間なのにな」

「先生……」

大五郎は顔を赤くした。

「俺を町の人間にしてくれたのは、ほかならぬこの町の人たちだ。俺はね、先生と一緒に函館の町を守りたいんです」

「うん……」

大五郎もそうなのだろうか。親しい人が傷つくことを恐れているのか。だがツクヨミが言うようにそれは弱さじゃない。新しい力だ。

「親分っ！　うさぎの先生！」

バタバタと辰治が神社の境内に駆け込んできた。

「茜を身請けした野郎の住処（ヤサ）がわかりやしたぜ！」


天神町の月見長屋が望田の住処（すみか）だった。一人暮らしの貧しい男がいきなりきれいな女を連れて帰ってきたのだから、長屋のおかみさんたちはいろいろと詮索を交えて大五郎の身内に話したらしい。

兎月はそこにツクヨミうさぎだけを連れて一人で乗り込んだ。

本当はツクヨミも置いていきたかったのだが、「おぬしがやりすぎないように見張る」と強行に言われて仕方なくうさぎを懐に入れた。

兎月は長屋の腰高障子をスパリと開けた。長屋の作りはどこも一緒だ。障子の内側は竈のある土間、その奥は四畳か六畳のひと部屋。戸を開ければすっかりと見通せる。

「だ、誰だ、きさま！」

布団をはねのけ、望田が叫んだ。身請けして部屋に連れ込んでからずっと睦みあっていたらしい。望田はすっぱだかで、美代は紐のほどけた赤い襦袢をかろうじて腕にひっかけているだけだった。

兎月は土足のままずかずかと部屋に入り、望田が手を伸ばそうとした刀を蹴とばした。

「火事はどこで起こる」

望田の頬がびくりと震えた。美代は怯えた目で許婚と兎月を見つめる。

「あの女が……密告しやがったのか」

「馬鹿か、おまえは」

兎月は望田の頬を殴りつけた。うさぎが懐から飛び出て二発目を殴ろうとする兎月の前に立つ。兎月は舌打ちして拳をおろした。

「……お葉さんは警察になんぞおまえのことを言わなかったよ。俺だけに言ったんだ。あの人は、おまえが金を返してくれると信じてるよ」

美代は襦袢に袖を通すと、倒れた望田の背を起こした。

「信之さん、お金って……返すってなんのこと？　あれはあなたが貯めたお金じゃないの？」

「み、美代……」

見つめあった目を背ける許婚に、美代はその体からぱっと離れた。

「うすうすそうじゃないかと思ってた……」

美代が弱々しい声で言った。

「やっぱり、……そう、なのね」

望田は裸のまま兎月に向かって土下座した。

「か、金は返す。何年かかっても……。だから見逃してくれ！」

「火をつける場所はどこだ」

「――蓬莱町の遊郭だ」

望月は、床に顔を伏せたまま答えた。美代が息を呑む。

「一人、自分の女だけを助け出して、それでいいと思ってんのか」

兎月は吐き捨てるように言った。

「放火はいつの予定だ」

はっと望田が顔を上げる。

「いつだ」

「それは――」

望田が下を向いて言いよどんだとき、美代が動いた。兎月に蹴とばされた刀を拾い上げると、鞘を払って柄を両手で持つ。刀身を肩に乗せ、刃を自分の首に向けた。

「み、美代！」

「動かないで！」

望田が仰天して止めようとするのを鋭い声で止める。

「信之さん……お願い、本当のことを言って」

美代の目から涙が零れる。

「遊郭は辛くて苦しくて……何度も死にたいと思った……でも中で生きている女たちがいるの。みんな懸命に生きているの。その遊郭を燃やすなんて……」

刃が首に触れ、一筋血が流れた。

「わたしの信之さんはそんなことしません。もしそうならわたしも一緒に燃やしてください！」

「み、美代……っ！」

望田は女に向けた手をバタリと畳の上についた。

「許してくれ、俺は、俺は——」

うさぎがぴょこりと尻を動かし、美代の前へ移動する。小さな前脚をそっと膝の上に乗せた。ふ、と美代の手から力が抜ける。

「新月の夜だ……」

畳につっぷした望田は聞き取りにくい涙声でそう言った。

「今度の新月の夜に……。だがそれは囮だ。本当の目的は異人の店だ」

「どの店だ?」

「パーシバル商会」

「そうか」

ガチャリと音がして、美代の持っていた刀が畳の上に落ちた。美代はうさぎを抱きしめ泣いている。うさぎは桃色の鼻をうごかして、美代の頬を伝う涙をぬぐった。

「俺を通報するのか」

望田は顔を下に向けたまま言った。

「そんなことをしたらおまえはお葉さんに金を返せなくなるだろう」

兎月は立ち上がった。美代に手を伸ばすと、女はうさぎをそっと離す。

「おまえはさっさと函館を出ろ。別の町で生きて働け。そしてお葉さんに金を返すんだ」

「……ありがとう」

望田は泣き声で言った。美代は両手をあわせている。

兎月はうさぎを懐に入れると、長屋から出た。

外はもう黄昏もすぎて夜が帳(とばり)を下ろしている。宵の明星が低い位置に見えた。


「新月の夜か」

「我の力が一番弱い夜だ」

懐に落ち着いたツクヨミが呟く。

「だが怪ノモノを、やつらを止めねばならん」

「ああ」

兎月は月見長屋の木戸をくぐった。

「本当の目的が店を襲うことなら、一番強いやつはそこに来るな」

兎月はぎゅっと懐のうさぎをつかむ。

「今度こそ、やつを仕留める」

四

「望田さんが消えた」

「やつの住処へ行ったが越してしまったそうだ」

「望田め、怖じ気づいたか」

　隠れ家にしている寺の本堂で、六人の男たちは額を突き合わせていた。仲間の一人が消えてしまったのだ。最年長の望田の裏切りは若者たちの心を揺すった。

「佐倉さん、どうする？」

　男が佐倉に向かって言った。

「今回の計画は先送りにするか？」

「……」

　ゆらゆらと行燈の明かりが佐倉の動かない目に光を入れる。佐倉は床に置いた刀をとり、とん、と突いた。

「いや、計画通り進める」

「だが、望田さんが漏らしたかもしれないぞ」

　不安を口にする仲間に佐倉は首を振った。

「役人に言えばそれなりの動きがある。今のところ我らの周りに怪しいことはない」

「それはそうだが」

佐倉は鞘の先を男に向けた。

「貴様こそ、怖じ気づいたか」

「そ、そんなわけはない」

佐倉は刀を元に戻した。鞘に入ったままだというのに、じかに刃を突きつけられたような気がしたのか、男の顔から血の気が引いている。

「ことは計画通りに進める。次の新月の夜、二手に分かれる。橋場と俺は富岡町へ。残りは蓬莱町へ行き火をつけろ。火事を確認したらすぐに俺たちのところへ来るんだ」

「わ、わかった」

表情は変わらないが佐倉は激しい怒りを抱えている。余計なことを言えば斬られてしまいそうだと仲間たちは怯えた。


やがて新月の夜が来た。月は消え、星だけが空に瞬く。空中隙間なく白く輝いてはいるが、さすがに月夜ほどは明るくない。足元も提灯がなければ確かに見えない。

佐倉の仲間たちは客を装って遊郭へ入った。函館の遊郭は元々は山(やま)の上(うえ)町にあった。

それが明治四年の大火で蓬莱町へ移転せざるを得なかった。この遊郭を建てるために、解体された五稜郭の材木も使われたという。

格子戸の中に女たちが座り男を盛んに呼ぶ。蓬莱町の遊郭は江戸・東京の吉原以北最大とも言われた規模で、華やかな明かりが空の星さえ見えなくするほどだ。

伸ばされる白い手を避けながら、男たちは火をつける場所を探して歩いた。先の山の上の大火が煙草(たばこ)の吸殻のためと聞いているので、全員がすぱすぱと煙管(キセル)をふかして、すきあらば火種を落とすつもりだ。

遊郭と遊郭の間の狭い路地に体を入れ、煙管の吸殻を懐紙に落とす。じじじ……と紙が燃え始めたのを確認し、それをそっと壁のそばに置いた。こうやっていくつか置いて回ればどこかで大きな火になるだろう。

立ち上がって通りに出ようとした男の前を塞ぐものがいた。遊郭で働く男——若(わか)い衆(し)たちだ。

「お客さん、今そこでなにをなすってた」

若い衆たちの顔は通りの灯を遮り影になって見えない。逃げようとした男はたちまち捕まり地面に押さえ込まれた。

「捕まえたぞ！」

「こっちもだ！」

通りに男たちが引き出される。みんな佐倉の仲間だった。

「大五郎組の親分が言う通り、本当に今夜火をつけようとしやがった」

「眼を光らせておいてよかったぜ」

若い衆たちは捕まえた男たちを取り囲んだ。手に棍棒(こんぼう)や縄を持っている。なにより顔に浮かぶ怒りの色に男たちは震えあがった。

「火付けの罪の重さはわかってんだろうな」

刻限がすぎても半鐘は鳴らなかった。音が聞こえなくてもあの規模が焼けたなら西の空は赤く染まるはずだ。

「失敗したか」

空をじっと見つめていた佐倉は覆面の下で呟いた。

「どうする？　佐倉」

同じように覆面をした橋場が言った。布の隙間から覗く彼のまぶたは、痛々しく腫れ上がったまま治っていなかった。

「今日は諦めるか？」

おそるおそる言う橋場の言葉に、佐倉は唇を噛んだ。暴れ出したい気持ちが抑えられない。計画などをむちゃくちゃにしても、誰でもかまわず斬ってしまいたい。

（いや、そうじゃないだろう）

佐倉は心の中で反論する。

（俺は異人の連中を斬りたいのだ。俺たちをないがしろにした新政府のやつらを殺したいのだ）

そうだ、おまえたちはないがしろにされている。

心の声に応えるものがいた。

国のために、国をよりよくするために力を尽くして戦ったのに、出来上がったのはおまえたちを無視する国だ。侍を切り捨てる国だ。

その思いは佐倉の胸の中を黒く焦がしてゆく。

（新しい文化を享受するやつら……この時代に受け入れられたやつら……）

俺たちは時代の流れに必死に爪を立ててしがみついているのに、その流れに軽やかに乗って楽しんでいるやつらがいる。そんなやつら。

（俺より恵まれた連中……認められた連中……）

すでにどちらが自分の心の声なのか、佐倉にはわからなかった。怒りや嫉妬や恨みや憧れが……佐倉の中でどろどろと黒く重く凝《こご》ってゆく。

「諦めるだと？」

佐倉は呟いた。

「諦めて、なるものか。殺してやる、この時代に抱かれて甘えているようなやつらは──俺が、オレガ、オレが、俺が……殺してやるのだ！」

佐倉は身を潜めていた空き家から出ると通りを歩き出した。橋場があわてててついてくる。

この町内の地図は頭に入っていた。暗闇でも迷うことはない。それになぜか佐倉には道がよく見えた。夜目が利く方ではなかったのに、年が明けてから急に闇が近しいものとなった。

「橋場、パーシバル商会についたら木戸を叩け。誰か出てきたら火付けがこの辺りに逃げ込んだと言って木戸を開かせろ。そうしたら俺がすぐにそいつを殺して中に──」

はっと佐倉は足を止めた。空に白いものが飛んでいる。それはいくつもいくつもほうき星のような筋を引いて、自分の頭の上を横切ってゆく。

「あれは……」

「佐倉、どうした？」

「うさぎだ」

「えっ？」

橋場は佐倉が見ているものを見ようと空に顔を向けた。だが輝く星空しか見えない。

「くそ、見つかった」

「な、なにを言ってるんだ、佐倉」

「……おまえには見えないのか」

佐倉は振り向きざま、刀を抜いて橋場を斬った。

「ぎゃあっ！」

橋場は地面に倒れ、肩を押さえて転げ回った。

「な、なぜだ、佐倉」

「橋場、おまえは辻斬りに襲われたと言え。俺とは関係ない、いいな」

「さ、佐倉……？」

「これがおまえにしてやれる最後のことだ」

地面に転がった橋場は友人の動かない目を見た。暗闇なのに見えた。なぜならその目は黄色く輝いていたからだ。

「佐倉……っ？　佐倉！」

止めなければならないあいつを。でないと友人（あいつ）はどこか手の届かないところへ行ってしまう。

橋場はそう思って手を伸ばした。だがすぐに佐倉（とも）の姿は闇に飲まれた。

「佐倉、もういい、もうなにもすっことなか！　一緒に故郷（くに）へ帰ろう！」

出血に意識を薄れさせながら、橋場は友人の名を呼び続けた。


路地から大きな通りに出たとき、佐倉の前に立っていたのは兎月だった。右手を懐に入れ、左手はだらりと下げている。刀も持たない丸腰のままだった。

「待ってたぜ」

兎月の周りに空を飛んでいた白いほうき星たちが集まる。それは地面に降りるとうさぎの姿になった。全員の輪郭が透けているのは月の力が足りないせいだ。

「貴様が俺たちの計画を台無しにしたのか」

佐倉は腰の刀に手をかけた。

「ああ、そうだ。おまえの仲間は今頃みんな遊郭の男たちに捕まっているだろうよ」

兎月は懐に入れていた手を出した。その手には一羽のうさぎがいる。うさぎは兎月の手から飛び降りると、他のうさぎたちの中にまじった。

「あぶないから、どいてろ。おまえは今力が弱いんだろ」

うさぎたちは耳を垂れ、兎月の周りから去ってゆく。一羽だけはぐずぐずと残ったが、兎月が足でつつくとぴょこぴょこと離れて行った。

「貴様も侍だろう……武士としての誇りはどうした」

「火付け強盗が武士を説くのかよ」

兎月の右手に光が集まり始める。青く白く輝く光はまっすぐに伸びて刀の形になる。

「侍は身分を奪われた……刀を奪われ、禄を、仕える主人を奪われた……俺たちが戦ったのはこんな世の中にするためじゃなかった」

「自分の望み通りの世界じゃなかったからって、むやみに壊していいわけじゃねえぜ」

「俺は」

佐倉は鍔に親指を当て、鯉口を切った。

「自分の居場所を探しているだけだ！」

叫びながら佐倉は兎月に飛びかかった。刀はまだ抜かない、相手の懐に入ったとき、下からすり上げるように刃が走った。

鉄の重い音がして、兎月の刃がそれを受け止めていた。上から体重を乗せるようにして、兎月は佐倉の剣を押さえつける。

「自分の居場所は……」

食いしばった歯の間から兎月が呻く。

「自分の胸の中に持ってりゃいいんだ！」

「戯れ言を抜かすな！」

佐倉は足を上げて兎月の膝を蹴った。その勢いで跳びすさる。兎月は体勢を立て直した。

「おまえのその憎悪は怪ノモノが煽り立てているんだ、気づいてないのか！」

「なんだと？」

「見ろよ」

佐倉は自分の足や体に白いうさぎがまとわりついているのに気づいた。あわてて手足を振ってそれをはねのける。

「うさぎが見えているんだろう？　それは怪ノモノの目だからだ。すっかり取り込まれているんだ」

「は、ははは」

佐倉はいきなり笑い出した。

「取り込まれたんじゃない、俺が、俺が取り込んだんだ！　こいつは俺の力だ！」

佐倉は剣を持った手を広げる。

「侍として死んだものたちの無念、悔しさ、苦しみ……俺はわかる、よくわかる。そんな怨念がこの町にうずまいていることもな。そしてあの山から、いつも機会を窺っていることも」

佐倉は函館山を剣で指した。

「さあ、こい、来るのだ。今俺がきさまらを取り込んでやる。俺と一緒に恨みを晴らすのだ、志半ばで死んだものよ、夢に破れて死んだものよ、今俺と一緒になって望みを叶えるのだ！」

佐倉の体から黒いもやが噴きあがった。それは人には聞こえない不気味な咆哮(ほうこう)を上げる。それに応えるように山が揺れた。

「兎月！」

隠れていたツクヨミうさぎが角から顔を出す。

「まずい！　山から怪ノモノが来る。すごい数だ」

「なんだと！」

神使のうさぎたちが夜空に飛び上がる。山から下りてくる黒いものに果敢に立ち向かっていくが、数が足りない。何羽も打ち抜かれ、すり抜けられ、怪ノモノが佐倉にむらがった。

「これはまずい」

ツクヨミうさぎは呟くと、さっとその場から駆け出した。白く短い尻尾を振って懸命に道を跳ねてゆく。

「兎月、待ってろ！」


「ハハハハ！」

怪ノモノで真っ黒になった佐倉は狂ったように嗤っている。だがその顔は次第に恐怖に歪んでいった。

「ハハハ……ハハ……ハ、ア、アアアアッ！」

ドンッ！　と佐倉の中から黒い塊が噴きあがった。それは、丸い頭を持ち、太い二本の腕と足を持ったものだ。巨大な赤ん坊のようにも、熊のようにも見えた。

「見、見ろ！　これが、これが俺の力だ！」

佐倉は自分の中から現れたものに「進め！」と命じた。

それは手足で這って重さをずるりずるりとひきずりながら、兎月に向かってくる。足がよろけ、体が建物にぶつかると、轟音(ごうおん)とともに壁の一部が崩れた。

もやのようなものだった怪ノモノが、物理的な重みを持って顕現しているのだ。

「どうした、化け物！　ちゃんと動け、その図体はこの町を破壊するためのものだろう！」

佐倉はわめきながら刀を振り回す。化け物はよろけた体を支え直し、再び兎月に向かってきた。

「こ、こんな」

見上げるほどに大きな化け物に、さすがの兎月も体を震わせた。

化け物が兎月に手を伸ばした。その手が霧散し、兎月が刀を構える前にその体を包み込んだ。


気がつくと兎月は真っ暗な空間に一人だった。

「どこだ、ここは！」

上も下も、右も左もわからず、今戦っていた相手もいない、真っ暗な闇の中。

手にしていたはずの是光もない。

「くそ、なんだここは！」

上げた声も闇に吸い込まれるのか囁き声にしか聞こえない。

「ツクヨミ！　いないのか！」

走り回ろうとしても蹴るための地面もない。まるで水のない海の中に宙づりになっているようだ。兎月はじたばたと暴れたが、前へ進むことも後ろへ下がることもできなかった。

「どうすればいいんだ……このままだと……」

バケモノとなったあの男は函館の町で暴れまわるのだろうか。家を破壊し、人の命を

奪い、人々を恐怖と絶望のどん底に叩き込むのだろうか？

「そんなことは――」

だが、この闇に閉じ込められたままではなすすべもない。

「ツクヨミ、俺をここから出せ！　俺に守らせろ！　町を、人を、命を！」

兎月は叫んだ。そのためなら今ここで自分の命を投げ出してもいい！

そのとき、懐の内側がどすん、と重くなった。なにかがある。

兎月はすがりつく思いで懐に手を入れた。硬い感触があった。

「これは……」

懐剣だった。パーシバルが作ってくれた、兼定の折れた刃を鍛え直した――

(兎月、刀を抜け！)

声が聞こえた。誰の声だ？　ツクヨミとも別な声とも思えた。

（抜くんだ！）

兎月は懐剣を抜いた。銀色の刃先が輝いている。暗闇の中の一筋の光はしだいに大きくなり、その光の中に誰かの背中が見えた。


「しっかりしろ！」

一喝され、目を開ける。兎月は自分が富岡町の一角に戻っていることを知った。長く感じたがほんの一瞬だったのか。右手には兼定はなく、是光を握っている。

自分の目の前に洋装の背があった。黒いフランス式軍服。肩にかかるほど伸びた豊かな黒髪。

「あ、あんた……」

その男は化け物の伸びてくる腕を切った。黒いもやが霧散する。化け物は咆哮を上げてあとずさった。

「こいつは俺が相手をする」

その人は兎月に背を向けたまま言った。

「おまえの敵は向こうだ」

　はっと顔を上げると佐倉が剣を下げて立っていた。

　体中に黒いもやをまとわりつかせた佐倉は、それを振り払うかのように兎月に向かって突っ込んでくる。

「是光！」

　兎月は愛刀に叫んだ。

「力を貸せ！」

　応えるように是光が輝く。月のない夜の星の光。流星が夜空をよぎるように、剣が大きく右から左へ弧を描いた。

「があぁっ！」

　佐倉の胴が打ち抜かれた。是光は人を斬らない。だがその光は確実に怪ノモノをふたつに裂いた。そして兎月の手には、相手の肋骨を砕いた感覚を残す。

「お、おのれ……」

　佐倉の口から血が噴きだす。

「俺の……国を……、な、ぜ……」

　佐倉の体が倒れるのを見て、兎月は背後の化け物を振り返った。黒い軍服の男が化け物の胴体に体ごと剣を突き入れている。

「ここはおまえたちのいる世界じゃない」

男はむしろ優しいとも言える声音で化け物に囁いた。右手で柄を持ちぐいぐいと突き入れながらも、左手は伸ばして黒いもやを抱きしめるようにする。

「必ずそれぞれの世界がある。だから、今は逝け……」

化け物の輪郭がぼやけてゆく。集まっていた黒いもやが少しずつ、まるで優しい風に吹かれてゆくように散って、淡く、消えていった。

軍服の男は刀にまとわりついた黒い筋を指でぬぐい、残った汚れをふっと吹き消した。

「土方さん……！」

兎月が駆け寄ろうとするより早く、ツクヨミうさぎがまっすぐに跳ねてきて、兎月の胸に飛びついた。

「兎月！　無事か！」

「ツ、ツクヨミ」

「よかった！　おぬしが失われてしまったら我は――」

兎月はうさぎを抱いて、目の前に立つ男を見た。

「おまえが呼んで……」

「万が一を考え、アーチー・パーシバルに剣を持ってきてもらったのだ」

軍服の男が肩越しに振り返り、白い頬で笑う。

「手間取ってたな」

「土方さん！」

駆け寄ろうとした手の先で土方の姿が薄れてゆく。

「待ってくれ！」

「おまえはちゃんといるべき場所を見つけたんだな」

土方は笑ってとん、と兎月の胸を指で突いた。

「大事にしろよ」

その指先が消えてしまう。涼やかな目も、皮肉げな薄い唇も、白い額に落ちる髪も、こんなにはっきりと見えているのに。

――一瞬で消えた。

あとにはうろたえた顔のパーシバルがいるだけだった。

「え、えーと、兎月サン？」

目の前に迫っている兎月にパーシバルは怯えた笑みを浮かべる。

「……くそっ」

兎月は左手で顔を覆った。最後に向けられた笑みを目の中に焼きつけるように。

終

放火を企てた六人の男たちは全員捕まった。橋場という男は途中で逃げようとしたので斬った、と首謀者である佐倉が証言し、彼だけは罪が少し軽くなると言う。

佐倉はすべての企ての責任は自分にあると言い、仲間たちの罪の軽減を望んだ。彼はおそらく極刑になるだろう。

兎月はそれを新聞で読んだ。素振りをして朝飯を食べ、そのまま敷きっぱなしの布団の上にごろりと自堕落に横になっている。ツクヨミも兎月の真似をして、畳の上にころがっていた。

新聞の片隅には富岡町に移転したばかりの新聞社の壁が、なにか重いものでも当たったかのように崩れていたという記事も載っていた。原因は不明だそうだ。

「兎月、お葉さんが来たぞ」

一緒に新聞を見ていたツクヨミが、白い頭を上げて言った。

「菓子を持ってきたのかな？」

ツクヨミの言う通り、お葉がパーシバル商会に来たのは菓子を納めるためだ。

オーブンを購入するための資金を失ったお葉に、パーシバルは菓子の注文をしてくれたのだ。その試作品を持ってきた。

「ああ、コレはすばらしい」

パーシバルはお葉が作ったかわいらしい花のねりきりに歓声を上げた。福寿草をかたどった、春らしい黄色い餡で作られている。

「これなら初釜に最適なお菓子デス」

パーシバルは庭で日本風の茶会を開こうと考えている。

「そのときにはぜひお葉サンもいらしてくだサイね。ワタシのおいしいお茶を飲んでいただきマスから」

パーシバルは茶筅でかき回す手真似をしてみせる。

「ありがとうございます」

「お葉サンがオーブンを買ったら洋菓子をたくさん作ってくだサイね」

本当はパーシバルはお葉に金を用立てようとしてくれた。だがお葉はそれをきっぱりと断った。

「パーシバルさまとは対等なおつきあいをさせていただきたいので」

お葉の心意気にパーシバルは菓子の注文という形で応えたのだ。

お葉が商会から帰ったあと、兎月はパーシバルの書斎に顔を出した。パーシバルが一緒にお茶を飲もうと誘ったからだ。

「どうしました、兎月サン」

自分を見ている兎月にパーシバルは首をかしげる。

「いや……なんでおまえなんだろうな、と思って」

兎月は呟くと、陶器の器に入った紅茶をずるずるとすする。

パーシバルはちょっと考えていたが「ははあ」とうなずいた。

「土方サンがワタシに降りることデスか」

「そうだよ。どうせなら俺のところに来てくれればいいのによ。俺だったらずっと土方さんがいてくれてもいいんだがな」

パーシバルはくすくす笑ってカップを傾けた。

「兎月サンは子供みたいなことを言いマスねえ」

「俺が兼定を持ってみたらどうだ？　土方さんが来てくれるんじゃねえのか？」

兎月はそう言って椅子の上に立っているツクヨミを見た。背が低いので椅子に座っていてはテーブルの上の皿に手が届かないのだ。ツクヨミは皿からクッキーを摘まむと、それを口に入れて首を振った。

「巫のパーシバルでないと無理だ」

「くっそう……」

兎月は懐から懐剣に作り替えられた兼定を取り出した。

「これじゃあ出てきてくれないんだよなあ」

鞘を払って銀色の波紋にじっと目を凝らす。

「なんだ？　兎月。まさか土方がいないと町を守れないなどと弱音を吐くわけではあるまいな」

ツクヨミが意地悪な調子で言う。

「そんなこたあねえよ。それこそ土方さんに笑われる」

兎月は自分の胸を押さえた。

「居場所はここにあるって言われたからな」

この胸を熱くするもののために、戦ってゆく。守ってゆく。兎月は思いを新たにした。

パーシバルはお菓が作った福寿草の菓子をテーブルに並べた。

「もうじき春デスよ。函館が美しくなる季節デス。福寿草が咲き、梅が咲き、桜が咲く。発句にもいい時期でしょう。兎月サン、句帳は埋まりマシタか？」

うっと兎月はさらに胸を押さえる。

その兎月の様子にパーシバルもツクヨミも笑った。うさぎたちは足下を跳ね回り、あるいは絨毯の上でごろごろと転げ回る。

窓の外はいまだ寒々とした冬の景色だが、雪をはねのけた梢の節に、小さな緑が芽吹き始めていた。

この物語はフィクションです。
実在の人物、団体等とは一切関係がありません。
本書は書き下ろしです。

霜月りつ先生へのファンレターの宛先

〒101-0003　東京都千代田区一ツ橋2-6-3　一ツ橋ビル2F
マイナビ出版　ファン文庫編集部
「霜月りつ先生」係

神様の用心棒
～うさぎは玄夜に跳ねる～

2020年9月20日　初版第1刷発行
2023年6月30日　初版第3刷発行

著　者　　霜月りつ
発行者　　角竹輝紀
編　集　　山田香織（株式会社マイナビ出版）
発行所　　株式会社マイナビ出版
〒101-0003　東京都千代田区一ツ橋2丁目6番3号　一ツ橋ビル2F
TEL 0480-38-6872（注文専用ダイヤル）
TEL 03-3556-2731（販売部）
TEL 03-3556-2735（編集部）
URL https://book.mynavi.jp/

イラスト　　アオジマイコ
装　幀　　AFTERGLOW
フォーマット　　ベイブリッジ・スタジオ
DTP　　富宗治
校　正　　株式会社鷗来堂
印刷・製本　　中央精版印刷株式会社

 ISBN978-4-8399-7343-8
Printed in Japan

Fan
ファン文庫

神様の用心棒
うさぎは闇を駆け抜ける

著者／霜月りつ
イラスト／アオジマイコ

刀――兼定を持った辻斬りの正体は…？
明治時代が舞台の人情活劇開幕！

明治時代の北海道・函館。戦争で負傷した兎月は目覚めると神社の境内にいた。自分のことも思い出せない彼の前に神様と名乗る少年が現れ、自分が死んだことを知らさせる。

Fan
ファン文庫

手作り雑貨ゆうつづ堂

著者／植原翠
イラスト／前田ミック

パートナーになった白水晶の精霊・フクと共に、祖母の大事なお店を守っていくあたたかな物語

母が大切にしていた本をめくると――石に宿る精霊が見えるように!? 想いのこもった石には精霊が宿り、小さな一歩をあと押ししてくれる。